le
moustiquaire

Jeannine Landry Thériault

le moustiquaire

roman

éditions
d'acadie

Couverture: Raymond Thériault

ISBN 2-7600-0096-6
©Copyright, Ottawa, 1983
Tous droits réservés
Les Éditions d'Acadie
C.P. 885
Moncton, N.-B.
E1C 8N8

à Line, ma soeur

"Un vase brisé--il s'agit d'un vase de terre.--Un vase brisé peut se raccomoder s'il est cru; mais non s'il est cuit."

Léonard de Vinci

Sortie du Bois

Vingt-quatre septembre 1954. L'autobus jaune se dirige lentement vers la sortie du Bois Tranquille, petit village reculé où l'on peut quand même renifler l'air salin de la Baie par les matins calmes et tièdes de juin. Angélique Noël, l'unique passagère jusqu'au prochain arrêt, tourne la tête vers l'arrière du véhicule. Les maisons du village disparaissent peu à peu entre les sapins et les mélèzes qui perdent déjà leurs aiguilles rousses. Un rouge violacé, entrelacé de reflets oranges, sert de toile de fond au portage qui rapetisse soudain.

Derrière les moustiquaires, les femmes et les jeunes filles du Bois rêvent, songeuses, en regardant disparaître avec regret l'autobus qui ressemble déjà à un jouet miniature parmi les feuilles d'automne.

Ah! elle est chanceuse, l'Angélique à Valentin, de partir de ce coin reculé et d'aller gagner sa vie à Four Corners, cette petite ville anglaise qui leur laisse l'illusion du paradis rêvé.

"Sortir de ce maudit Bois", rêve Toinette, la femme à Clophas Hébert, qui voit partir Angélique avec envie.

Claude, son fils, arrogant, est d'une humeur massacrante depuis quelques semaines déjà. Que lui réserve l'avenir? Angélique était pourtant la bru rêvée, et la voilà qui part pour la ville.

"M'enfuir là où il y a des hôtels et des "dancings"", des lumières multicolores dans les vitrines et des néons étincelants au-dessus des théâtres", pense Violette, la cadette chez Dugas.

Leurs mains s'agrippent aux fils minces et verts du moustiquaire entrelacés en cages minuscules, cette ménagerie réservée aux rêves, aux désirs refoulés, pendant que les derniers maringouins blêmes effleurent leurs doigts fatiqués. Un soleil mauve de mi-septembre rougit après un été de vacances.

Angélique aperçoit le toit rouge de la grange à Samuel Ferguson, son grand-père qu'elle vénère. Des souvenirs doux et fragiles se faufilent dans sa mémoire endolorie. La grange est presque vide maintenant. Avant, bien avant, il y avait des moutons gris et noirs, des chevaux musclés qu'on employait pour le travail aux champs, et les deux chevaux de selle qui ne servaient plus à rien. Les vaches dégageaient une odeur de lard frais, de fleurs de trèfles au miel. On y voyait des poules, des cochons sales, des lapins joufflus. Ah! la vie grouillait, piaffait, gambadait dans la cour dénudée, surtout le printemps, quand les larges portes restaient ouvertes jusqu'à la brunante. L'hiver, son grand-père attelait les chevaux à la carriole rouge et noire et conduisait les enfants à l'école jaune. Puis un jour, Liliane, sa mamie blonde qui aimait se balader dans le haut des enclos sur le dos du cheval ''Courage'', se brisa les reins. Une chute irréparable... un nid de couleuvres et Courage perdit tout sang-froid.

-Une poupée de guenille, pleura Samuel en soulevant sa femme inerte.

Graduellement, la maison de l'Irlandais changea d'aspect. Les réunions familiales, les fêtes au village, les veillées du jour de l'an et du mardi-gras ne s'y fêtaient plus. L'accordéon aux accords irlandais se tut, ainsi que le violon. Tous regrettaient la châtelaine de la maison blanche qu'on avait surnommée ''le manoir''. Samuel, juge de paix, fermier et charpentier à ses heures, se laissa aller à une sorte de désespoir muet. Liliane était sa force, son trophée, une sorte de sauf-conduit dans le clan des Jersiais et des haut-placés du territoire. Sa beauté blonde, quoique hautaine et capricieuse, stimulait la faiblesse de caractère de Samuel.

Lucien, son neveu, et sa femme, Anna, arrivèrent un beau matin avec leur premier rejeton et déjà en attente d'un deuxième. La maison, autrefois élégante, entretenue et gouvernée par Liliane, subit des transformations considérables. La servante Philomène, à leur service depuis la guerre, y demeurait toujours, n'ayant aucun endroit particulier qui l'intéressât. Elle détestait Anna qui prenait des airs de maîtresse et la traitait de ''fille des colonies''.

-Enfin, pour qui se prend-elle, cette fille de la rue Saint-Dominique, hein? Elle est vulgaire d'apparence et un peu négligente, côté propreté. Et puis tant pis! J'ai un toit à vie et je ne rajeunis pas. Mes varices me font souffrir et ça m'enlève bien des tracas.

Parfois, elle regrette. C'était quand même valorisant avant, lorsqu'elle faisait reluire la maison des Ferguson.

Les visiteurs, incluant le secrétaire de l'évêque, les religieuses soeurs de Liliane et le juge de paix de la Côte, s'exclamaient.

-Ah! mais si c'est beau et accueillant chez vous, Liliane!

-Philomène est une perle, vous savez, répondait sa maîtresse bien habillée.

-Venez goûter à sa cuisine. Un chef français ne saurait faire mieux.

Après tout, sa seule source d'orgueil provenait du fait que la maison des maîtres reflétait sa compétence, son savoir-faire. Il y avait toujours le presbytère, si un jour tout allait au pire.

Liliane se réfugiait dans ses livres que le petit d'Anna déchirait, s'il réussissait à ouvrir la porte de la bibliothèque. Anna riait, ne comprenant rien aux titres savants, et surtout à l'intérêt que portait sa tante à lire des livres sans illustrations. Maudissant le cheval Courage que Samuel n'avait pas eu l'audace d'abattre, Liliane se renfrognait, tournant le dos à son mari, négligeant sa toilette. Sa peau délicate de blonde devenait grise et se ridait prématurément.

Angélique se souvient... Samuel battant de toutes ses forces, avec une planche étroite, les flancs du cheval coupable. Il sacrait, proférait des menaces au ciel, lui qui ne blasphémait jamais. Angélique, apeurée, s'était mise à crier et Samuel, épuisé, la serrant dans ses bras, s'éloigna de l'écurie. Il n'y remit plus jamais les pieds. Lucien, qui ne travaillait ni à salaire ni autrement, vendait peu à peu les moutons, pour la laine, les animaux, pour la boucherie, et les poules couveuses. Le caveau se vidait, les champs séchaient; il enlevait une pièce de la maison, ajoutait ou abattait un mur, agrandissant ou rapetissant les pièces. La maison, autrefois prospère, avait l'air négligé d'un chapiteau après la dernière représentation. Philomène, aussi oisive et sans ambition qu'eux, achetait maintenant du pain tranché et des conserves en boîte au magasin général.

À chaque pièce de la grande maison: les trois lucarnes, l'escalier en bois de chêne..., toute son adolescence s'y accrochait, comme de vieux vêtements à une patère oubliée dans un coin.

Tout est arrivé si vite. Les événements se sont succédés comme ces orages de grand vent inattendus. Les émotions n'ont pas eu le temps de se frayer un passage, de se permettre un temps d'arrêt; le coeur refroidi, pressé, n'a pas eu le temps de s'agiter, de réagir. On la pousse dans la vie à grands mots d'encouragement. Sa peur subite se camoufle devant cette perspective honorable, cette inconnue effrayante qui s'appelle "gagner sa vie". Le coeur d'Angélique se contracte silencieusement pendant que d'autres, au Bois, rêvent de cette chère liberté. C'est facile pour ceux qui restent au Bois de lui dire en souriant fièrement:

-Penses-y Angélique. Tout ira bien, tu verras. Tu es intelligente et bilingue. Donc pas de problèmes pour les affaires et le patron. À Four Corners, c'est rendu que tous les francophones ont oublié leur langue maternelle. T'es bien chanceuse, va. Si c'était pas de William, hein? Sois reconnaissante, au moins.

Elle aurait tant voulu poursuivre ses études, fréquenter le couvent et ensuite enseigner ici. Si son père n'était pas malade et si sa mère était qualifiée pour travailler à l'extérieur; enfin, si... Décidément, la vie n'est plus qu'une gamme de si, monotone comme une valse à trois temps.

Une larme froide tombe comme un glaçon sur sa main dégantée. Elle ferme les jeux, exténuée de penser, de ruminer.

-Pis surtout oublie pas que c'est à cause de William, ne cessait de lui répéter Clophas, le voisin.

William, parlons-en! Il habitait à quelques pas de chez Valentin. Sa femme Corine commençait à "filer mieux" d'après les commères du Bois. Depuis quelque temps, elle semblait vouloir sortir de cette folie douce et tranquille qu'elle avait contractée quelque temps après sa fausse-couche.

-Folie mon oeil! qu'elle avait avoué à Angélique avant son départ. Si tu savais comme j'ai pleuré. Personne ne se doute de rien, mais ça fait longtemps que ma dépression est finie. William n'a jamais cessé de courir les femmes et de boire un coup de trop, ça fait que j'étais aussi bien de passer pour folle. Au moins, je pouvais garder la face. Ça faisait mal, mais personne n'osait me plaindre, tu comprends? William ne m'a pas violée, ça, je mentirais si j'affirmais le contraire. Il aimait ta mère, Marianne, et il s'est vengé sur moi. Une soirée de clair de lune, du rhum de la Jamaïque, des mots à faire tourner la tête à l'idiote que j'étais... Et puis, il a crié ''Marianne'', quand... enfin, tu comprends?

-Non, Corine, je ne comprends pas, répondit Angélique, confuse.

Ces révélations lui laissèrent un goût amer et une crainte de comprendre.

-Bien, j'ai payé ma faute, Angélique. Lui et son honneur, tu penses! J'étais enceinte et il ne fallait pas que ça lui tombe dessus. Ah! ça, non! On s'est marié très vite et ma soeur m'a fait avaler une tisane brûlante et malodorante. Ah! mon Dieu! juge-moi pas, Angélique. Je t'aime bien trop pour ça. On t'a regardé grandir moi et William. Il s'imaginait voir en toi la petite que j'ai perdue au cinquième mois de ma grossesse. Il se sent coupable de ma stérilité, et c'est peut-être pour cela qu'il essaie de t'aider. Il faut pardonner, Angélique. Autrement, une femme peut finir sur la charité publique.

Pendant quelque temps, William s'était assagi. Il était maître de poste et inspecteur des chemins. Les villageois le surnommaient ''inspecteur des cratères'', vu le mauvais état des routes. Et puis suivirent les promotions de garde-chasse, de syndic scolaire et de père des pauvres. Ce dernier poste lui valut bien des faveurs et des sourires mielleux, ainsi qu'un coup de poing de Valentin, par un dimanche après-midi.

Angélique se souvient. Elle était assise sur la première marche de l'escalier et de cet observatoire improvisé elle observait les gens et les choses à travers le moustiquaire. William était un peu ivre (comme toujours), mais jamais saoul. Il s'y connaissait en mesure et en boisson, celui-là.

-Heye! Valentin, je suis le père des pauvres asteur. Pense donc, mon vieux. Je pourrai t'aider, à partir d'aujourd'hui. C'é pas comme vivre sur la charité de la paroisse. Pour toi, je ferai exception. Je dirai que tu cabaleras aux prochaines élections. Tu fermeras ta boîte, pis personne ne saura rien.

Valentin devint blême sous son hâle de métis.

-Pour qui me prends-tu hein, maudit traître? s'écria-t-il. J'ai peut-être perdu mon moulin et je t'ai chipé Marianne, il y a dix-neuf ans déjà (William rougit à cette dernière injure), mais au moins, j'ai de l'honneur, pis mon orgueil. C'est tout ce qui me reste, maudit! Je crèverai avant, plutôt que de te laisser le plaisir de m'apporter tes boîtes de provisions tous les samedis avant-midi, comme tu le fais à la femme à Ti-Pit Gallien. Tu rirais bien, hein? Mon crisse de salaud. Ah! ça, jamais... non!

William voulut lui serrer la main, tentant une dernière humiliation, mais un coup de poing retentissant le laissa saignant et blême sur le perron. La porte se referma d'un bruit sec.

Angélique applaudit bruyamment, assistant en imagination à une soirée d'amateurs au théâtre de la grande école de La Côte, mais Valentin, qui n'était ni acteur ni mendiant, pleurait, la tête appuyée sur ses bras autrefois musclés qui commençaient à ramollir. Il était beau et fort, descendant d'un grand-père écossais, du nom d'Adams, qui avait épousé une métisse brune aux yeux de turquoise. Leur fille unique, la mère de Valentin, avait épousé Joséphat Noël, en voyage d'affaires du côté de la réserve.

L'été, l'épiderme d'Angélique absorbait le soleil comme un buvard, changeant du blond laiteux irlandais, au brun de faïences. Ses yeux légèrement bridés n'étaient ni bruns ni gris, d'une couleur indéfinissable, tout comme son caractère bizarre selon l'opinion de certaines personnes au Bois.

L'autobus s'arrête plus fréquemment. Les passagers sont tous des hommes qui vont à la ville, soit pour y travailler ou pour s'y chercher un emploi. Les plus déçus reviendront par l'autobus de cinq heures, une bouteille de gin ou de Whisky achetée à la commission des liqueurs et dissimulée dans la poche de leur manteau à carreaux.

La Baie reluit dans toute sa splendeur. Les terres, autrefois productives, accusent une négligence évidente. Les clôtures de lisses ou de broche métallique sont démantelées, laissant des brèches ici et là. Les animaux broutent timidement le foin qui jaunit. Un peu plus loin, c'est plus prometteur. Les Irlandais des Falaises, tout près de l'Ile Chauve, n'abandonnent pas aussi facilement. Descendants des immigrants des années 1830 à 1860, ils tiennent le coup. Pour combien de temps encore?

La petite île, presque chauve, reçoit à ses pieds les dernières vagues de l'automne qui avance. Bientôt, tout sera gelé, gris, dénudé. Angélique aperçoit soudain l'ancien moulin de son père. La maison à six chambres à coucher est aussi belle qu'avant. Les nouveaux propriétaires ont ajouté une autre galerie du côté de la cuisine d'été. Elle y était née, ainsi qu'Alexis, son frère aîné cantonné depuis un an

16

en Allemagne. C'était la faute de l'oncle Clément, s'ils avaient perdu le moulin.

Longtemps passé, quand vint la guerre, il partit pour les vieux pays et Valentin, étant marié et soutien de son grand-père Adam, demeura sur place. Son moulin était quand même utile, à cette époque mouvementée. Il était le seul à des milles à la ronde, et tous les colons, ainsi que les villageois des environs qui vivaient du bois et de la terre, arrivaient un jour ou l'autre devant la grande maison à deux étages. Trois lucarnes majestueuses et dentelées sortaient du toit. Des rideaux de dentelle flottaient à toutes les fenêtres. Marianne, sa mère, adorait Les Falaises. Le Bois Tranquille, où elle avait vécu jusqu'à son mariage, l'étouffait. Tout y était restreint, entouré d'un mur de sapins et de mélèzes. Il fallait toujours sortir jusqu'au portage afin d'admirer la Baie et les rives de la Gaspésie de l'autre côté. Après la messe, il fallait bien revenir au Bois. Son mariage à Valentin Noël concrétisait le confort dont elle était entourée chez Samuel Ferguson, qui vivait à l'aise à cette époque lointaine. Marianne vivait heureuse, reniflant l'air salin qui montait jusqu'aux falaises à pommes de pré. La nudité froide de l'hiver plaisait à cette femme passionnée qui réchauffait les draps de Valentin qu'elle avait épousé, envers et contre tous.

La réalité se présenta sous une forme plutôt inconcevable. La guerre était bien finie... mais Clément, son beau-frère déclaré mort au champ d'honneur trois années auparavant, revint. Il n'était qu'amnésique. Ayant perdu ses papiers, il se baladait d'un hôpital à un autre, jusqu'à ce qu'un voisin l'ait reconnu. Il revint chez Valentin en pleurant.

-C'est-i' de ma faute, hein? J'ai même pas vu la guerre, Valentin.

-La prime, Clément, qui me permettait de tenir le coup au moulin... J'ai agrandi, les affaires diminuent, et là, j'ai dû tout rembourser au gouvernement. Eh bien, je suis ruiné. Pis toi, tu as tout gaspillé tes payes, pareil. Je dois tout liquider et nous allons nous installer au Bois Tranquille, près des parents de Marianne. Maudit... et ma belle-mère qui n'a jamais accepté mon mariage dans le clan des Jersiais. Mon écoeurant, Clément. Continue à boire pis à brailler sur ta guerre manquée et ta mort ratée. Moi, j'veux plus t'avoir devant les yeux. Où c'é qu'on va, y a que deux chambres à coucher. Pauvre Marianne! Dehors, Clément!

Depuis, l'oncle amnésique dépensait sa pension de vétéran entre la ''Légion'' et la commission des liqueurs, communément appelée ''Vendor''.

''C'est beau, la famille. Ah! ça, oui!'' ruminait Valentin, ruiné.

Marianne pleura des jours et des nuits pendant les deux premières années au Bois. Et puis, le silence. Le moulin ne fut jamais mentionné, ni les cousins écossais, ni la belle maison et l'école anglaise. Les rêves se tissent dans la lumière, mais au Bois, Marianne s'assombrissait, affectant un sourire mécanique. Valentin dut partir pour les chantiers, du côté de Dolbeau, cuisiner pour une bande de ''canayens'' affamés qui lui sacraient par la tête. Enfin, l'orgueil en prend un coup, pour un homme qui a toujours été son propre maître...

Le moulin disparaît. Une fumée épaisse dessine des nuages inégaux au-dessus des arbres secs. Le moulin Weaver approche lentement; la ville de Four Corners aussi. Angélique ravale sa salive et ferme les yeux, se rappelant certains événements depuis son arrivée au Bois.

Un jour de printemps tiède, Marianne et les enfants virent approcher des hommes inconnus, vêtus de parkas rouge et noir, transportant sur un brancard en toile brune Valentin qui était blême et amaigri, les côtes écrasées.

-Tu sais... un homme et un arbre au même endroit, ça pardonne pas, Marianne, expliqua-t-il lamentablement.

-Oui, mais tu faisais la cuisine, Valentin. Pourquoi cette blessure? Que faisais-tu, grand Dieu?

-Ah! Marianne... mon amour... Pardonne-moi, hein?

Marianne, affolée, les jambes molles, le regardait, la bouche ouverte, avec ses beaux yeux verts qui semblaient sortir de leur écrin.

-Un homme pis un arbre au même endroit, ça pardonne pas, Marianne! répétait-il comme un rosaire.

Elle finit par reprendre son sang-froid.

-Oui, mais tu faisais à manger, Valentin. Pourquoi cette blessure? Il n'y a pas d'arbres dans les cuisines, à ce que je crois. Que faisais-tu, bon Dieu?

-Ben, j'étais tanné au camp et j'ai demandé d'être transféré aux bûcheux. Maudit, j'ai mal, Marianne.

Une sorte de rage grondait dans le coeur de Marianne. Ça ne finirait donc plus. La ruine, le retour au Bois et là, l'accident. Pourtant, ils s'aimaient d'une passion qui avait surmonté toutes les conventions et les restrictions sociales. Valentin ne fut jamais accepté dans les clans jersiais et irlandais, surtout par sa belle-mère Liliane qui le traitait de "fils de sauvagesse". Marianne, habituée au confort et à tous ses caprices, se taisait, mais l'amour se refroidit entre des draps lavés à l'eau de pluie. Car l'eau courante n'existait pas encore au Bois. Tout était rudimentaire, terne, presque obligatoire. Les amis à l'aise qu'ils fréquentaient aux Falaises les délaissèrent peu à peu. Les surprises étaient minimes, excepté les changements de saisons qui apportaient du vent trop chaud ou des bourrasques qui n'en finissaient plus.

Clophas, le voisin de Samuel, venait de vendre ses terres devenues inutiles, au gouvernement. Il exhibait un sourire de supériorité devant les villageois stupéfaits. Bientôt, à 25 milles seulement du Bois Tranquille, il y aurait une base de l'aviation. Les portages deviendraient des banlieues, les champs, des pistes d'atterrissage. Puis les jeunes adolescents âgés de dix-sept ans et plus s'enrôleraient, comme Alexis. Le travail limité et les taxes trop élevées tuaient peu à peu la persévérance des fermiers. Ils rêvaient tous de la base. On pourrait trouver de l'emploi, asteur. Seuls les pauvres, qui vivaient de la charité publique (les complices du père des pauvres), et les anciens combattants, qui vivaient d'une maigre pension, parlaient de demeurer au Bois. Ils étaient allés ailleurs et ce n'était guère mieux.

-Mieux vaut être pauvre dans une cabane, que riche sur un balcon, ne cessaient de répéter ceux et celles qui étaient déjà allés vivre à Montréal.

Les anciens soldats en avaient assez d'entendre parler de guerre, d'avions ou d'uniformes bien pressés. Ils vivaient au Bois, sur leur petit lopin de terre, avec leur petite famille: un petit bonheur tranquille!

-Sortir du Bois, à moins d'être en moyens financiers ou instruit, c'est bien pire, disait le quêteux Simon qui vivait du bien des autres.

Ils étaient tous riches de leur tranquillité, et personne ne prévoyait les ravages de tous ces changements.

L'état de Valentin s'était aggravé depuis les deux dernières années. Il ne pouvait plus monter aux chantiers. Un mal constant et traître l'étreignait au creux de l'estomac. Il ne lui restait qu'à exécuter les menus travaux que lui laissait Clophas, Nézime, ou le marchand général. La moitié du salaire d'Alexis, et bientôt quelques dollars d'Angélique, serviraient à boucler le budget.

-En attendant..., qu'il disait lentement.

-En attendant quoi? questionnait Angélique, inquiète.

-Ben, on sait jamais, fifille. La vie, ça s'use, et puis un jour, ça éclate comme un ballon trop gonflé.

Angélique frissonne dans la chaleur moite de l'autobus qui s'arrête en route. Plusieurs passagers ont pris place.

-À la base militaire?, questionne le chauffeur, un sourire ravi.

Enfin, son moyen de transport commence à lui rapporter, ainsi qu'à William, qui a investi dans l'achat du véhicule. Tous ceux qui ont déniché un emploi permanent y prennent place matin et soir.

-Attends donc deux ou trois ans, crie un plus jeune au chauffeur furieux. On aura chacun notre voiture Ford, pis on aura plus besoin de ton corbillard jaune.

Ils s'exclaffent de rire en se claquant les cuisses, le sourire heureux. Angélique appréhende l'arrivée à Four Corners, les hommes la regardent un peu trop longuement. Surtout celui surnommé Ti-coq, qui lui fait des clins d'oeil lourds de suggestions. Elle oublie momentanément sa peur de faire face à son premier emploi. Où va-t-elle demeurer? La pension sera-t-elle propre? Faudra-t-il parler anglais ou bien français au patron? C'était pourtant facile, avant. Déjà, cet avant-hier de l'adolescence, son passé indéfini, se refermait comme un rideau opaque sur une vie d'adulte prématurée. Elle aurait bien le temps, la nuit, seule dans sa chambre, dans une maison inconnue, pour rêvasser à ce qu'avait été sa vie d'enfant.

-Tout l'monde débarque, crie le chauffeur vexé.

Angélique perçoit le chuchotement de Ti-coq qui s'anime.

-Heye! Pierrot, on va pouvoir avoir des aventures, asteur, avec les petites sauvagesses qui vivent de l'autre bord d'la base!

Une rage inconnue s'empare d'Angélique. Son sang qui découle de l'aristocratie française des Huguenots, et des braves Irlandais, a quand même plusieurs gouttes de ce sang des premiers qui s'installèrent le long des côtes et des falaises. Qu'ont-ils donc tous, ces hommes stupides, à s'imaginer que les femmes à la peau couleur de cuivre et aux yeux de braise ne sont bonnes qu'à courir les hommes blancs affamés d'affection? Elle s'accroche volontairement aux bottines de Ti-coq qui dégringole en bas du marche-pied...

La ville de Four Corners lui fait face. Une muraille de brouillard nauséabond, provenant du moulin Weaver, lui monte aux narines. Elle a envie de vomir.

-Il faudra t'habituer, ma fille. Ça dépend du vent, lui avait dit William.

Le moulin à papier s'élève, laid et sans forme, avec ses cheminées sales. Les maisons identiques, d'un jaune citron, déteignent déjà.

-La rue principale, c'est où?

Le chauffeur de taxi lui sourit ironiquement.

-Tiens, une fille de la campagne. T'as une job, toujours?

-Oui, monsieur. Je suis la standardiste du bureau de téléphone et je m'appelle Angélique Noël.

Elle sourit en voyant la mine respectueuse du chauffeur qui la dépose en face de la pension des Lebrun.

-Ah bien, mademoiselle Noël, bonne chance. Et si vous avez besoin de quelqu'un, demandez pour Marcel, O.K.? Je suis pas méchant et je viens de par La Côte.

-Merci, monsieur, répond Angélique qui se sent déjà rassurée.

Quelqu'un lui a parlé avec un certain respect. Elle n'est plus aussi seule.

Gagner sa vie

Une odeur de souffre et de caoutchouc brûlé dérange l'odorat d'Angélique qui s'éveille. Il n'est que quatre heures du matin. La fenêtre de la chambre de la pension où elle habite depuis son arrivée à Four Corners est jaunie par les poussières émanant du moulin à papier et des résidus du dépotoir public. Là-bas, au pied de la chaussée qui longe la rivière sale et nauséabonde, la base militaire canadienne, toute éclairée, semble se refléter au-dessus des arbres maigres, un peu plus loin à l'ouest.

L'odeur des épinettes du Bois Tranquille remonte à la mémoire d'Angélique, un parfum inexistant dans les drugstores de Four Corners. Elle en a vu des choses et des gens différents depuis son ascension subite à la compagnie de téléphone. Il y a des rues asphaltées qui s'entrouvrent au dégel du printemps. Entre les pâtés de maisons identiques qui appartiennent au patron du moulin, on peut voir des poubelles de métal, des boîtes de carton vides qui sèchent au vent.

-Ah! si Marianne voyait cela.

Des petits enfants se chamaillent ou jouent à la balle molle, selon leur disposition. On sent l'impatience de leurs mouvements restreints, le retenu dans l'élan des petits bras, et ils crispent leurs traits... déjà. Ils rideront bien jeunes, les petits bambins citadins. Ces maisons aux couleurs uniformes, jaune maïs et vert bouteille, n'ont aucune architecture distincte. Un bric-à-brac de hangars et de rails de chemin de fer complètent le décor. Et puis, du bois coupé, partout. Une mauvaise odeur lui donne des nausées, selon les caprices du vent. Et dire que le moulin de son père était presque parfumé. C'était du bois à l'état naturel qui y glissait bruyamment. Ici, pas de bruit, mais une pesanteur grise qui énerve le cerveau.

Ses oreilles bourdonnent. Elle ravale sa salive d'un sifflement d'ailes de cigale, comme pour étancher sa soif d'air pur. Deux mouettes affamées s'évertuent à se mêler aux corneilles qui pillent les ordures, près du dépanneur du coin. Le propriétaire est un Grec et il est un peu négligent sur l'apparence. La mer n'est pourtant pas loin.

"Sont-elles assez bêtes de s'aventurer en ville, ces petites mouettes transplantées? Elles n'y sont pourtant pas obligées, elles. J'en ai assez!"

Elle regarde furtivement l'image de Maria Gorretti qui semble la juger, elle, la jeune fille qui gagne sa pitance dans cette petite ville qui lui paraît déjà trop grande, fortifiée.

-Vous pouvez bien faire la grande dame, vous, marmotte la fille. Et puis, pourquoi dire "vous" à une sainte de mon âge, hein? Dire "vous" au bon Dieu, ça va, et à la Sainte Anne aussi. Ils sont déjà vieux. Ils inspirent respect... et puis non. Ils sont immortels, donc toujours beaux, jeunes, en bonne santé sur les images de papier glacé. Quand je mourrai (ou papa), on oubliera vite. Je ne sera jamais canonisée, c'est certain.

Les patates, Alexandre, l'épouvante des villageois, la pitié envers la pauvre fillette massacrée, embrument son cerveau.

"Tu parles d'un film à montrer à des enfants d'école. On n'a pas pu dormir pendant un mois, Diane et moi, à l'époque. On a bien le droit de philosopher, de douter, non?, dans une chambre exiguë couleur de bouteille verte et jaune citron. Elle avait bien beau être moins séduisante, tiens, la Maria... et de dissimuler ses seins sous son corsage mince. Ce n'était pas seulement la faute à Alexandre, alors?''

L'image de Claude Hébert surgit dans sa mémoire. Elle frissonne en se remémorant les mains persistantes de son prétendant impatient.

Peut-être que Walter aurait dû... aurait voulu; enfin, il était bon et rassurant, le premier baiser de son ancien professeur.

Il arriva au village un peu après le début de la guerre et les commentaires allaient bon train.

-C'est peut-être un espion, s'inquiétait Clophas.

-Pourquoi le gardes-tu en pension de même?, ripostait Nézime.

-Ben, i' paye à temps, pis ça fait chic d'avoir un étranger si bien habillé et maître d'école, à part de ça.

-C'est peut-être un déserteur, renchérissait Simon le quêteux qui faisait croire qu'il regrettait le refus de l'armée.

-Enfin, on verra, leur criait Clophas, vexé, mais bien rémunéré.

Walter était poli, quoique parfois arrogant, et possédait cette beauté classique des grands du cinéma que les jeunes femmes admiraient dans les revues américianes. Qui était-il? D'où venait-il? Des Iles St-Pierre et Miquelon? C'était plausible, mais pourquoi venir s'installer dans un patelin aussi reculé que La Côte et le Bois? Cet aspect de la personnalité de Walter n'inquiétait guère Angélique, à l'époque. Elle buvait ses paroles, son savoir-faire, son sens de la réalité. Il lui avait donné le goût de la lecture, la curiosité d'en savoir toujours plus. Pendant cette polio paralysante qui lui faisait plus de peur que de mal, n'était-ce pas Walter qui sacrifiait des heures de loisirs à son chevet afin de l'aider à rattraper son année scolaire. Elle était entourée d'un nuage opaque, d'une stupeur stoïque, entendant tout ce qui se passait autour, mais ne pouvant ni parler ni bouger. Walter caressait patiemment ses doigts et ses chevilles raides, sous l'oeil attentif de Marianne. Le médecin lui faisait confiance, alors? Ses yeux attentifs et sombres scrutaient le visage pâle, tandis qu'une sorte de complicité douce se glissait entre le regard de l'homme et celui de l'enfant.

L'adolescence arriva brusquement, sans avertissement. Ah! ça, non! Un drap taché de gouttelettes roses, un beau matin de janvier, les remontrances de sa mère qui lui disait de faire attention, ''asteur''.

-Baisse ta robe, marche plus droit, apprend à faire du pain et à repasser les chemises blanches de tes frères, à presser les pantalons. C'est l'apprentissage au mariage, ma fille.

-Oui, mais maman, pourquoi faut-il que je sois parfaite et en même temps que je doive toujours garder mes distances?

Marianne, bouche bée, lui avait dit, criant presque:

-Parce que tu es une femme, c'est tout!

Ce fut Walter qui lui permit de se renseigner dans l'encyclopédie médicale, dans les livres de sciences humaines et de psychologie.

-L'adolescence, ce laps de temps inquiétant, marmottait la fille impatiente.

Des seins trop petits, des hanches trop larges, ou tout le contraire, faisaient pleurer Diane.

-Si tu penses que c'est agréable d'être ronde de la poitrine, hein! Je dois me serrer avec des bandelettes de coton et ça fait mal. Ma mère me défend de m'asseoir trop près de mon frère Jules, à table, et de descendre de ma chambre en pyjamas. Tu es chanceuse, Angélique.

Liliane, sa grand-mère, lui disait que la théorie était la science la plus facile à apprendre, mais que la pratique, ah, la, la!.. Fallait y voir. L'adolescente n'y voyait qu'un nuage flou de visages d'hommes, de sourires chauds ou des sous-entendus malveillants, dans les veillées de famille.

Les dimanches après-midi s'écoulaient lentement dans la chambre de Walter, entre la bibliothèque de chêne massif et le fauteuil de cuir noir qu'il lui permettait d'employer à sa guise.

-Regarde, tiens. Tu peux te coucher, te recoquiller, t'asseoir, selon ton bon plaisir. Si tu penses que Clophas m'envie cette chaise, hein...

Walter riait de la naïveté des villageois, mais Angélique ne voyait que son rire blanc, ses cheveux noir de jais, son allure de petit prince... Il était le miroir aux alouettes des femmes du Bois, le Don Quichotte des bûcherons écoeurés de la gomme de sapin qui collait à leur peau.

C'était le quatrième des mousquetaires! vêtu impeccablement d'un veston de tweed à motif pied-de-poule, de souliers vernis, un noeud papillon savamment attaché sous le col de sa chemise blanche...

-On sé ben, un maître d'école, ironisait Clophas. Ça se salit pas les mains, ni les pieds.

Clophas subissait à son insu le charme énigmatique de l'étranger.

Ce n'était pas des affaires de Clophas, ni des autres

villageois, si Walter fréquentait clandestinement la femme à Ti-Pit dans son fenil, pendant que son pauvre mari languissait au sanatorium.

Et pourtant, Walter était si propre, tellement méticuleux de son apparence. La femme à Ti-Pit était belle, mais d'une beauté sauvage, un peu comme les bohémiennes dans les livres de Slaughter. Sa maison sentait l'urine des petits et tout était sale, gris. Mais Walter n'entrait jamais dans la demeure de l'étrangère des Barachois.

"Où es-tu, Walter? Que fais-tu? La dernière lettre était datée du début de l'année dernière et Madeleine, ta femme, attendait un enfant. Te voilà bien pris, Walter. (Elle sourit.) Ton indépendance, qu'en as-tu fait? Grand parleur, petit faiseur, comme disait Pépére. J'aimais ta manière de siffler doucement, parce que tu avais peur de la noirceur du Bois Tranquille. J'en ai jamais soufflé mot à personne, juré. Ton visage a dû prendre de l'âge, de la maturité, et tes cheveux doivent tourner au gris. Tu dois être beau, Walter! Si tu voyais papa. Il a l'air plus vieux que pépére Ferguson. J'ai peur et je ne comprends plus rien. J'espère trouver un homme qui te ressemble et vite, vite…"

Angélique ferme les yeux, épuisée.

Walter n'était qu'un écrivain entêté et frustré; à cause de la guerre, tous ses projets tombèrent à l'eau.

-On n'a pas le temps de lire, en temps de guerre, lui répondaient les éditeurs.

En attendant, il vivait aux crochets de sa mère, veuve et propriétaire de plusieurs magasins aux Iles. Descendante des marchands jersiais, elle lui parlait souvent de sa cousine Liliane Doran qui vivait très loin, dans le nord de ce pays de froids et de grands vents. L'imagination fertile de

Walter prit le dessus et le voici un beau matin à la gare de Four Corners, et le soir même, au Bois Tranquille. Pourquoi avouer à Angélique le scandale dont il fut l'objet... la fille pauvre qui s'était noyée, portant dans son ventre un enfant... celui de Walter? Il ne le sut jamais. À quoi bon ternir l'image qu'on avait de lui, et surtout voir disparaître la confiance muette dans les yeux souriants de son élève, qui ressemblait étrangement à la fille aux longues jambes qui s'était donnée à lui sans pudeur, sans réserve.

Angélique ouvre les yeux. Le bruit du robinet défectueux de la salle de bain l'empêche de dormir.

''Walter, je pense que tu es un de ces écrivains inconnus qui se baladent d'un pays, d'une ville, d'un village à un autre afin d'espionner les gens, leurs habitudes, leur langage différent. Un bon jour, tout comme Grignon, Lemelin ou Choquette, tu nous étaleras sur les pages blanches de ton gros cahier noir. Ta franchise naturelle, ton amour du Bois et de la Baie ne feront qu'accentuer l'intérêt de tes lecteurs qui, par curiosité ou par ironie, se battront, devant les vitrines des librairies, pour acheter tes écrits... Fais-nous justice, Walter.''

Son visage se reflète dans le miroir ébréché, au-dessus du bureau ancien.

''Qu'est-ce que ça veut dire aussi, tous ces qualificatifs savants qu'on ajoute dans le curriculum vitae des déjà saints, au ciel? Pure, sage, soumise et violée... Pauvre Maria, va! Moi, je suis pure, sage et vierge, par-dessus le marché. Peut-être par accident, par manque de volonté? Idiote que je suis!''

Elle s'asperge d'eau froide et continue son monologue intérieur.

''Faut-il que je raconte tout cela au curé, à la chapelle de l'hospice Saint-François, demain matin? Faut-il lui dire que je rêve à des bras fermes autour de mes épaules fatiguées, à des lèvres épaisses et douces qui goûtent le Brandy, sur ma bouche tannée de dire "oui Madame..., non Monsieur...", au bureau du téléphone? Que je rêve d'un corps d'homme habillé de tweed anglais ou d'un uniforme bleu, comme en portent les militaires de la base? Ils arrivent à Four Corners, le samedi soir, avec leurs chapeaux étroits qui ressemblent à ces petits bateaux en papier journal qu'on faisait à l'école. Il y en a des grands maigres, des courts lourdauds, des bruns, des blonds, des rougeaux. Le choix, ma fille, comme dans le gros catalogue Simpson. Moi, j'attends que le ciel s'ouvre, que les anges rient en choeur, que la terre s'ébranle. Un homme sans tête, sans traits définis... Je lui dessinerai une bouche, un nez d'aristocrate, des yeux de la couleur de la Baie... Je l'inventerai si bien que je le reconnaîtrai. Je ferai comme une commande, tiens!"

Elle se lève, ouvre le tiroir de l'armoire, seul meuble à côté du lit. L'espace est restreint. C'est parfois plus confortable dans un grenier douillet, qu'être en ville, dans une maison de pension qui appartient aux autres. Une lettre d'Alexis, qui semble être la dernière, gît, chiffonnée, sur un fond de bois franc.

Ah! l'Alexis à Valentin qui vient d'épouser une Allemande! Quel scandale au Bois Tranquille! Clophas s'énerve, Samuel et Liliane sont gênés parce qu'elle n'est pas catholique. Marianne, humiliée, ne sort presque plus chez les voisins. Valentin, lui, semble se fier au soleil ou à la providence. Se fier, un bien grand mot. Il abdique, ou joue-t-il l'indifférence? Il se sent trop faible pour discuter de la vie des autres. La sienne ne tient qu'à un fil fragile. La vie le renie, le soleil le délaisse, le refroidit. Clophas le traite d'irresponsable. Enfin, après les surnoms de communiste, d'hérétique et de maudit sauvage..., à quoi bon s'arrêter là? Qu'est-ce que ça peut bien faire? L'Allemagne fait des bonnes affaires après la guerre. Ça se lit dans les journaux. Ça paye, comme ça, de se battre, de détruire? Des Canadiens, des Américains et même des Anglais d'Angleterre vont y séjourner aux frais du Dominion, asteur.

Elle avait peur, au début, mais son oncle Clément, autrefois soldat et amnésique, lui avait dit, en dégustant son éternel p'tit blanc:

-Ben, c'é pas à s'énarver, fifille. Les Allemands ordinaires, j'veux dire le monde comme nous autres, i'avaient rien à faire là-dans, eux autres. C'é des affaires de "big shot", ça, j'te dis. Pis après, les généraux s'claquent les cuisses pis i'rient des p'tits soldats allemands, russes ou canayens. Les p'tits "privates" qui ont leur p'tite pension... Parce que les haut placés, i' vont jamais au front, eux autres. I'ont juste une pension après une carrière remplie. I'sont jamais blessés, eux autres, répétait-il, exaspéré. Ben moi, j'ai aimé ça, la guerre de quarante Ouais...

Et il continuait à s'enivrer aux dépens du gouvernement. Angélique n'y comprenait pas grand-chose.

Alexis lui avait décrit son appartement moderne, dans un des immeubles destinés aux militaires tranquilles:

...Des chambres de bain roses et bleues, p'tite soeur! Des meubles en "corduroy" pis des rideaux épais à tous les châssis. Même dans la chambre vide. Ben oui, Angélique, y'a des chambres qui attendent d'être occupées! Si tu penses que j'm'en va retourner au Canada, asteur. Ben ça, non! J'ai pas besoin de me baigner le derrière dans une cuve de zinc ou de me décrotter comme dans la rivière. Pis attendez-moi pas avant longtemps au Bois. J'ai demandé

une "extension" et je reste un autre trois ans. Ma femme veut apprendre l'anglais pis la religion catholique. Elle veut s'en venir au Canada sans faire honte à personne. Moi, je parle mieux l'anglais, pis personne ne rit de mon accent, icitte. Ben, des Québécois, des fois, mais je m'en sacre pas mal. Je l'amènerai au Bois, en vacances, plus tard. Clophas sera peut-être mort, c'temps-là. Il est assez chiâleux après les étrangers, le maudit vieux écoeurant. Dis à papa que je pense surtout à lui. J'enverrai moins d'argent, asteur. J'ai une femme, tu comprends? J'arriverai par chez nous avec un char neuf, à part de çà. J'vais montrer à William qui c'est qui est le plus fin du clan. Je t'embrasse et je t'aime bien,

Ton frère, Alexis.

Ah! ça, non! Angélique ne peut tolérer l'attitude de son frère immigrant dans les vieux pays. Ça sent l'orgueil, le dédain de son patelin et le refus des responsabilités. Il était du Bois, lui aussi, et des Falaises, au temps du moulin.

"On sait bien, pense-t-elle avec tristesse, Alexis pleurait souvent, derrière la grange, après le déménagement. Les garçons, à l'école, lui claquaient la gueule parce qu'il avait un drôle de langage. Pauvre Alexis, va! Mon Dieu, s'inquiète Angélique, il faut que j'obtienne une augmentation, moi. Il n'y a donc pas seulement dans l'Ouest, aux États ou par Montréal qu'on devient snob ou arrogant après avoir goûté au confort des villes. Quel confort? On peut même déménager en Europe, sur un immense navire ou un avion gris et bleu. La France, l'Italie, l'Espagne, sont maintenant à portée de la main ou du moins, à portée de rêve. Walter avait raison. Le monde, le globe terrestre, c'est immense et petit à la fois. L'évasion sur carte postale, des paysages clairs et ensoleillés à longueur d'année lui laissaient un goût aigre-doux. Il n'avait pas précisé que les gens changent en voyageant."

-Maudit!, marmotte Angélique en jetant un regard furtif vers l'image de Notre-Dame de Prague. Une sainte immigrante dans ma chambre. Mais où c'est, Prague? Sûrement pas au Québec ni aux États!

Elle pense à demain qui devient aujourd'hui. Une autre journée comme hier. Comment oublier le patron grisonnant qui lui frôle les fesses chaque fois qu'il passe et repasse près de sa ligne de communication?

-Enfin, il faut bien gagner ma vie et celle des autres, soupire-t-elle, soudain inquiète.

Une photo couleurs d'Henri Richard, la nouvelle vedette des Canadiens, semble lui sourire de loin. Il a déjà supplanté son frère aîné, Maurice, dans le coeur des filles qui aiment le hockey. Le chandail bleu-blanc-rouge l'enveloppe comme un drapeau, un refuge. Ah! ils étaient quelqu'un, les joueurs de hockey!

C'est facile de fermer les yeux et de rêver à Henri.

''Un jour, j'irai au Forum et je me jetterai sur la patinoire. Henri m'aidera à me relever. Il faudra bien déblayer la glace, non? Il me trouvera irrésistible et je lui dirai que j'arrive du Bois Tranquille, une petite tache verte comme une boule d'arbre de Noël. Il m'amènera chez ses parents, certain, et je dirai à Maurice: ''Ah! si mes cousines t'aimaient, avant!''

C'était pas juste, tous ces rêves platoniques. Henri venait de se fiancer à Marlene, le traître! Mais sa photo reposait intacte sur l'oreiller brodé. Aimer, de loin, rêver à plus loin, ça me fait mal qu'à moitié. Elle ne peut plus dormir. Ah! ces corneilles criardes. Ne pourraient-elles pas attendre que le soleil se lève? Peut-être ne distinguent-elles plus la nuit du jour? Il fait tellement sombre depuis le début de septembre. Il y a aussi cette tricherie du bon

Dieu qui lui dévore son père. Pourquoi Valentin est-il si malade? Languissante agonie qui le détruit petit à petit comme un ver qui se venge sur la meilleure des pommes. Lui, autrefois si grand, semble maintenant rapetisser et son dos, courber comme les épis de maïs, sous le poids de la déchéance. Il n'a pas mal physiquement; c'est plutôt comme un lent engourdissement. Son orgueil l'empêche encore d'accepter les offrandes de William, le père des pauvres qui guette.

-On s'arrangera bien, hein, Marianne? Avec la paye d'Angélique et les chèques d'Alexis...

Marianne, fatiguée, apeurée, n'ose plus le regarder en face. Elle s'enferme dans un mutisme qui ressemble à de l'indifférence. Marianne a mal. C'est comme un abcès qui ne veut pas aboutir. Il lui faut bien faire semblant que tout va bien. Philippe et le petit Samuel junior ne doivent pas trop souffrir de cette erreur du destin.

''Maman a peur, pense Angélique. Pépére Ferguson, mamie Liliane, et moi aussi.''

Quand on est petite, on joue à la marelle, on se gave de pommes des vergers défendus, on s'émerveille à la première neige, à la vue du premier goéland. C'était cette vision inattendue qui l'étonnait le plus: le printemps, tôt. Deux ou trois de ces grands oiseaux argentés venaient faire un tour. Ils laissaient les bords de La Baie, et grand-père disait qu'ils venaient de se marier, qu'ils étaient en voyage de noces. Ah, c'était beau, avoir quatre ans, douze ans et puis... plus rien.

''On dirait qu'il n'y a que Clophas et William qui jouissent de la vie à grandes enjambées, à grandes bouffées, malgré la guerre déjà loin. Les changements qui ont suivi leur ont fait plaisir, allez! Ils s'ajustaient, eux, comme les arbres à la nature des quatre saisons... Clophas, regrettet-elle, toi qui étais mon idole, mon Géant de la fève merveilleuse, l'Ivanhoé des champs de blé; tu me prenais sur tes genoux et tu me donnais des baisers dans le cou, des bonbons à la menthe et des fils de réglisse. Où es-tu, Clophas de mes neuf ans?''

Angélique pleure doucement, le nez enfoui dans le mouchoir brodé que mamie Liliane lui a donné à son dernier voyage au Bois.

Liliane Doran Ferguson, l'ancienne ''duchesse'' du Bois, qui osait se promener, l'air hautain, sur le dos du cheval Courage, vieillit. Son visage, autrefois rose et serein, se ride, s'empâte. Elle néglige ses longs cheveux et ne les retient plus en chignon français. Un ruban assorti à sa robe lui sert de diadème. Comme une poupée de plâtre, elle se farde un peu trop, et son corps s'alourdit. Samuel, renfrogné ne joue plus de l'accordéon. Les accents irlandais ne sont plus présents dans la cuisine d'été. C'est la décadence dans la maison autrefois enviée du juge de paix-fermier qui parle si bien anglais. Le Bois Tranquille se meurt tranquillement, comme Valentin. Le soleil se moque de ses adeptes, ah! ça, oui! L'enfance n'est-il qu'un passage de fleurs sauvages, de bains à l'eau de pluie, d'une cérémonie de première communion, du bruit d'un moulin à scie qu'on a perdu à cause de la guerre et de l'oncle amnésique? Elle s'endort enfin. L'aube laisse filtrer un semblant de pureté des couleurs sous le soleil qui étouffe devant toute cette pollution. Les tuyaux gris du moulin à papier font penser à d'immenses cigarettes dans le ciel fatigué.

Vers sept heures, tout s'éveille déjà. Les sirènes du moulin s'énervent, exaspérées: ''Envoyez, les gars, levez-vous. Allez gagner votre pain.''

Et ils partent à pied ou à bicyclette, la boîte à dîner remplie de sandwichs déjà mous. Les camions, qui arrivent d'ailleurs comme des intrus, roulent sourdement, lentement, comme les vieilles dames vêtues de manteaux sombres qui s'en vont à la cathédrale. Un peu plus tard, vers les huit heures, des enfants d'âge scolaire attendent l'autobus jaune et noir. Entassés comme des sardines, ils s'évadent de la rue, du moins pour quelques heures.

L'hôpital en briques rouges semble appeler tous les malades qui n'ont pas les moyens de se faire soulager. Ah! Si Valentin avait de l'argent! Il y serait déjà, dans un lit blanc et frais. Peut-être pourrait-il guérir? Et puis, non! Valentin ne mourra jamais. Il le lui a promis, près du ruisseau, par un dimanche d'abondance.

Tout près de l'hôpital, il y a une maison longue et étroite, à trois étages, qui ressemble à un couvent. C'est l'hospice Saint-François, où travaille Sophie Albert, une fille des rangs d'un peu plus loin au sud du Bois Tranquille. Il y a aussi deux grandes écoles éclairées par des fenêtres modernes où chaque matin, des jeunes filles en jupe de plaid écossais ou en taffetas et des garçons en pantalon gris, vert ou bleu, vont parfaire leur éducation. Ils parlent presque tous anglais et on leur promet de bonnes positions, un jour, même dans les bureaux du gouvernement central. Angélique les envie un peu.

''Et moi, hein? pense-t-elle, fâchée. Mon éducation, où est-elle passée? Une chance que je suis bilingue et que William connaît les grands patrons. Oh! Celui-là! Maudit téléphone. ''Oui Madame… non Monsieur''. Ou plus souvent: ''No Sir… Yes Miss''.''

Dans une pièce mal éclairée, adjacente à la commission des liqueurs, communément appelée ''Vendor'', elle s'initie à la patience des ''long distance calling''.

Les gens appellent afin d'annoncer une naissance, de la rue Saint-Dominique au Bocage, ou une mort, des Côtes à

Montréal. La vie et la mort se rencontrent sur les fils noirs et disgracieux, où chantent les dernières hirondelles.

Une visite des Etats s'annonce pour chez Clophas. Un garçon sans travail enfourchera sa bicyclette rouillée et parcourra les trois milles de portage qui séparent La Côte du Bois Tranquille. Il annoncera la bonne nouvelle. Un souper chaud chez Toinette récompensera ses efforts: le téléphone, ce n'est pas pour tout le monde. Ah! ça, non! Ça coûte cher! C'est pour le marchand général qui n'a pas d'enfants et qui donne à crédit, tout en chargeant des intérêts copieux, en attendant le retour des bûcherons ou la pension mensuelle des vétérans du coin. D'un mois à l'autre, les petits billets jaunes s'empilent. L'hiver sera bon, monsieur le marchand stérile. C'est aussi pour monsieur le curé, le couvent des soeurs, le croque-mort et pour le docteur Lebrun. William sera le premier à utiliser cette invention nouvelle au Bois. Quelle chance de communiquer les mauvaises nouvelles à Valentin.

-Heye!, Valentin. J'arrive de La Côte. Ton gars vient de télégraphier.

Valentin, blême, s'attend à un malheur.

-Envoye, parle donc!

-Ben, i' s'marie avec une Boche! Ha! Ha!

Son rire gras résonne dans la cuisine propre. Valentin laisse échapper un soupir de soulagement.

-C'est rien que ça, William? Merci pareil.

William referme la porte, déçu.

''Oiseau de malheur, pense Angélique. Rarement colombe, souvent corneille.''

Elle imagine souvent les sourires heureux, les exclamations joyeuses ou les regards vides, hébétés, devant tous ces messages venus de loin, des frontières des Etats, en passant par Québec, de l'autre bord de La Baie. Elle a l'impression qu'elle détient le destin de ces personnes entre ses mains, pour un court laps de temps. Magicienne ou sorcière? Le pouvoir de la communication dans ce vide noir la remplit d'effroi, parfois.

"Je ne veux plus rien savoir. S'il fallait que papa empire, hein? Parce que la mort doit avoir un contrat, une échéance, sans intérêts. Est-ce William qui m'avertira à travers cet instrument porteur de joie ou de malheur?"

La joie, ce n'est pas pressé, ça peut mijoter et se traduire par lettre, avec des détails décoratifs. C'est encore plus doux à raconter. Comme de la soupe réchauffée, ça a plus de goût en vieillissant. Mais la mort, la maladie, les incendies ou les accidents, c'est soudain. Ça force les gens à garder leur sang-froid ou à se laisser aller à l'hystérie.

Depuis quelque temps, elle sursaute toutes les fois que la cloche sonne, surtout à la maison de pension. Dring... Dring...

-Oui, allô? C'é pas vrai? (C'est la propriétaire âgée qui s'énerve.) Ah! Mademoiselle Noël. Bonne nouvelle! Mon plus jeune, qui vit à Marathon, s'en vient en vacances pour huit jours. Je l'ai pas vu depuis trois ans; je connais pas sa femme et j'ai pas vu mon dernier p'tit-fils. Mes cinq autres enfants sont tous par là, vous savez?

Angélique respire profondément. Valentin tient sa promesse. Le soleil est peut-être plus chaud du côté du Bois. À quoi ça sert d'envoyer des cennes noires aux petits Chinois, alors? Walter lui avait expliqué qu'en Chine, plus une personne vieillit, plus on la respecte, on l'admire, on demande son opinion. On imagine que les gens dorment pendant de longues périodes, dans des châteaux de jade et de soie multicolore. Ils ont une vie meilleure de l'autre côté. C'est pourquoi il faut les garder en vie très longtemps.

"Mais non, ils devraient les laisser mourir, Walter, et vivre dans les châteaux de corail."

Un beau jour, ils reviennent dans l'âme d'un chien pékinois, dans les yeux bleus d'un chat siamois ou dans les ailes d'une colombe argentée.

Elle avait raconté tout ce discours païen à Diane, sa compagne de banc d'école, qui l'avait raconté à Claude, qui lui, l'avait raconté à sa mère, Toinette à Clophas. Oh! la! la! Quelle histoire au Bois! Clophas criait:

-Cé pas assez que ton père croit au soleil, fifille, pis qu'i' fasse des tisanes de sorcier. (Pourtant Toinette en quémendait souvent... pensait la fillette, confuse.) Pis toi, t'écoutes des saloperies pareilles! Tu iras à confesse dès demain, c'est compris, là?

Clophas n'avait pas osé en parler à Walter. Ah! ça, non! Il payait toujours sa pension à temps. Il était propre et discret. Cet argent, à l'époque, servait à payer les dépenses de ses garçons, en vacances, l'été. C'était avant la vente de ses terrains au gouvernement.

L'hospice et Sophie

Angélique se lève. Il faut faire un effort et aller à la messe, à la chapelle de l'hospice. Elle écoute distraitement l'aumônier qui récite l'Evangile du jour. La chapelle de l'hospice est beaucoup plus près que l'église. Ou plutôt:

-Pardon me, Miss, the cathedral? disaient, estomaqués, les catholiques anglophones.

En ville, on a des édifices avec des noms spécifiques.

Son amie Sophie aussi n'écoute que d'une oreille. Ses idées sont ailleurs. Elle calcule mentalement les quelques dollars au fond de sa poche de manteau neuf. De l'argent, enfin, du supplément afin de combler les dettes qu'elle contracte dans les magasins de Four Corners.

La messe est terminée. L'aumônier, pâle et fatigué dans sa soutane usée, s'accroche à un banc boiteux. Il s'agrippe aux épaules de Sophie qui lui sourit malicieusement. Il rougit et s'enfuit presque dans son bureau, solitaire. Les religieuses, habillées de noir, semblent dormir debout. Les vieillards se suivent comme dans une procession de retraite fermée. Les plus hardis s'en vont déjeuner à la salle communautaire. Les malades mangent au lit et les plus fortunés retournent à leur chambre qui ressemble à une chambre d'hôtel chic. Ce monde étrange bouleverse Angélique.

Sophie s'en fiche des vieux, de la maladie et du manque de vitalité. Elle y gagne sa vie (la moitié du moins) dans cette cage sans barreaux.

"Ça fera en attendant", se répète-t-elle du matin au soir... le soir, qui lui apporte quelques rémunérations.

Elles sont toutes deux loin de leurs parents, de leur coin de pays. Au début, Angélique se sentait attirée par l'agressivité de Sophie.

-Ah! J'me laisse pas marcher sur les pieds ou sur la conscience. Ça, tu peux en être certaine.

Angélique remarque des choses qui la rendent perplexe. Parfois, Sophie sacre, comme Clophas et William. Elle s'habille de façon criarde, après les heures de travail, comme la femme à Ti-Pit Gallien, et elle parle un peu à sa manière.

-Quoi c'é que t'as à chiâler, Angélique? T'as une bonne job, ma chère. En charge du téléphone, à part de ça. On t'appelle Mademoiselle ou Miss Noël. Tu as une position sociale pis tu l'sé pas. Au Bois, quand tu arrives, je l'ai remarqué, va... On a presque envie de dérouler la courte-pointe rouge à Toinette, faute de tapis.

Elle regarde Angélique sournoisement et lui crie presque:

-Moi j'suis icitte à la cuisine, à laver la vaisselle graisseuse. C'é pas à Montréal, encore. Y'a pas de machine à laver les chaudrons... Goddam!

-Voyons, Sophie! Crie pas et jure pas, supplie Angélique.

-J'crierai si j'veux, pis j'va sacrer, tiens! J'suis tannée de décrotter les p'tits vieux ratatinés dans l'aile des dépressions.

-Tu veux dire des dépressifs, rectifie Angélique.

-Ben quoi? Veux-tu savoir? C'é écoeurant. Pis j't'haïs Angélique, j't'haïs!

Elle se met à taper du pied sur le plancher verni. Angélique n'a jamais vu, ni ressenti autant d'amertume dans la voix d'une aussi jeune personne. Sophie n'a que dix-neuf ans, depuis trois mois.

''Une année de plus, cela suffit-il à faire toute une différence dans les agissements d'une personne? pense Angélique. Ah! avoir quinze ans encore!'' soupire-t-elle, rêveuse.

-Toi pis tes idées à l'eau bénite, s'écrie Sophie qui s'énerve devant tant de naïveté.

Sa voix s'enflamme et elle pousse son amie dans la cuisine chromée.

-Ben tiens, regarde, ma fille. Chez vous, c'est aussi propre qu'icitte d'dans. C'est pas riche, mais ça sent le frais. Je l'ai remarqué, allez. Chez nous, c'é pas toujours propre pis ça sent pas toujours bon.

Elle se tait et se met à rire.

-Je fais des farces, voyons. On a une belle maison, comme chez Clophas Hébert, pis mon père, il est retiré, ma chère. Il a fait la grande guerre pis i' a des médailles dans un cadre, au salon.

''Elle est presque belle, pense Angélique. Si brune, avec des yeux verts qui font souvent semblant de s'alourdir. Comme une chatte, tiens. Les garçons du Bois lui font la cour, quand elle a la chance d'y passer une fin de semaine. Claude m'a dit que Sophie avait des yeux de couchette. Il est bien la relève identique à Clophas, ironise-t-elle, quand même vexée. Qu'est-ce qu'ils ont, les hommes, à cataloguer les yeux, les hanches et les cheveux des femmes? Et puis mes yeux presque noirs, qu'est-ce qu'ils ont qui les rend différents? Je dois avoir des yeux de chaise berçante, alors?''

-De la braise, disait William.

Il y a déjà une année de cela, Angélique pensait que les hommes étaient ridicules.

Mais aujourd'hui, regardant les yeux lourds de Sophie, elle croit comprendre la réflexion de Claude. La braise, ça fait peut-être peur, un peu, comme la nuit...

Sophie lui pince le bras.

-Heye! Arrête de rêver.

Angélique sursaute.

-Que dis-tu des garçons de la base?, demande-t-elle afin de changer la tournure de la conversation.

Sophie crache par terre et s'essuie la bouche du revers de son tablier vert. Angélique déteste ses gestes malpropres. Sophie riposte:

-Si jamais j'me marie, ça sera avec un homme déjà âgé, bourré d'argent. Même s'il a les cheveux grisonnants, j'le prends, tu entends? Les jeunes, ça vaut rien que leur fond de culotte.

-Mais voyons, Sophie!, supplie Angélique, les soeurs nous regardent. On a l'air de deux filles en chicane. Arrête, je t'en prie.

Elle prend congé sur ces mots. Il faut travailler, même le dimanche. Le téléphone, qui n'a pas congé le jour du Seigneur, sonne, fourmille d'appels urgents, de messages d'amoureux. Des exilés qui s'ennuient du Bois, des concessions ou de la mer, plus loin, emploient ce moyen moderne de recevoir des nouvelles d'êtres chers, d'entendre une voix aimée, de revoir en mémoire la couleur de la Baie, le rouge des érables dans les portages ou la clarté éblouissante de la neige sur les champs qui s'ennuient, et sur les clôtures de lisses.

-Heye!, Germain, y'a-tu des coques ou ben du homard, c't'année? Maudit, si j'peux m'ennuyer!

À l'autre bout du fil, une voix chaude répond.

-Oui, mon frère. Y'en a assez! J'me bourre la falle avec le reste de la famille. Thérèse est descendue de Toronto, pis elle s'en ira plus en ville. Elle va garder les vieux.

-...

-Si on est content? Oui, maudit! J'aimerais donc que tu sois icitte, Yvon.

-Embrasse maman, répond l'autre voix qui craque, pis dis-lui pas que j'ai plus d'ouvrage. La manufacture vient de sacrer le monde dehors!

-Ben r'viens-t-en par icitte, vieux frère. On s'arrangera, tu verras.

-À bientôt, mon frère. Envoye-moi une couple de billets pis j'arrive par le train la semaine prochaine...

C'est toujours comme ça. Des déchirements, des vagues d'ennui qui alourdissent le lent dimanche après-midi d'Angélique. Elle aperçoit la Baie qui s'allonge plus loin, de l'autre côté du moulin, jusqu'à La Côte. Afin de capter l'ambiance, elle ouvre une boîte de coques en conserve, reniflant la mer à grandes respirations. Les morts, les affaires des patrons de petites compagnies continuent, comme la vie, monotone.

Le dimanche suivant, Sophie n'est pas à la chapelle.

-Elle a congé aujourd'hui, explique la Mère Supérieure. Elle est partie chez elle par autobus.

Angélique part en ville. Elle s'arrête devant les vitrines des magasins Dalfen's ou Woolworth. Des mannequins habillés de vêtements chics semblent lui rire au nez. Des mariées vaporeuses, toutes blanches de dentelle, sourient froidement. Au Bois, presque toutes les mariées arrivent à l'église, la même robe sur le dos. Le catalogue les étale en trois modèles différents. Ressentent-elles les mêmes sensations ou des sentiments exclusifs devant l'autel, le samedi matin?

La bibliothèque est encore ouverte. Enfin, retrouver Walter par le biais d'Hemingway ou de Lewis. À Four Corners, même si la plupart des gens parlent français, tous les livres, sur les nombreuses étagères, sont en anglais. Tout de même, Balzac ou Zola en anglais, les gens bilingues comprennent. Sophie rit d'elle, parfois, lorsqu'elle lui traduit certains passages.

-T'es folle, non? Des histoires ennuyeuses, anciennes, pleines de chimères et de linge sale.

''Un jour, j'écrirai en français, pense Angélique. Et des filles comme Sophie comprendront peut-être.''

À l'hôtel North Shore, rien n'a changé. Quelques militaires et des commis-voyageurs dînent, la tête basse, les traits fatigués. Un jeune, le teint pâle, fait des gestes afin d'attirer son attention. Elle l'ignore et continue sa marche. À l'arrêt d'autobus, elle s'arrête brusquement et se faufile entre les passants. Elle aperçoit Sophie passant près d'un homme bien habillé et le regardant, enjouée, celle-ci échappe son mouchoir (propre celui-là) à ses pieds. L'homme sûr, encore beau, frôle légèrement la jupe ample de Sophie tout en se relevant, le mouchoir à la main. Sophie lui sourit. Ils échangent quelques mots, montent dans l'autobus, s'asseoient, éloignés l'un de l'autre, l'air ennuyé et sérieux. Angélique a compris le manège. Sophie ne l'a pas vue? Tant mieux. Elle retourne à la pension, pensive et inquiète. C'est peut-être la faute de l'atmosphère, de la fumée, de l'odeur de souffre... Elle excuse

Sophie, imaginant le Bois Tranquille dans toute sa verdure, son parfum de gomme sauvage et l'air salin qui vient de La Côte quand le vent tourne à l'est. Elle n'a jamais visité le Rang 3, le pays de Sophie.

Au Bois, les dimanches sont sensiblement les mêmes. Les hommes vont au ruisseau pêcher la truite, suivis de leurs chiens contents du divertissement. Les femmes lisent l'Almanach du peuple ou des revues américaines, en fredonnant les derniers succès de Charles Trenet et de Line Renaud qu'on entend à la radio. Les catalogues d'hiver reposent sur la table de la cuisine.

Clophas soulève le rideau du côté ouest. Toinette le surveille du coin de l'oeil.

-Ah! la Toinette, rumine l'homme assagi.

Sa femme légitime ose refuser, pendant des semaines, d'accomplir ses devoirs conjugaux.

-C'est la faute de la femme à Ti-Pit, tout ça, rouspète Clophas, l'oeil mauvais.

La grande veillée chez Samuel Ferguson fut le théâtre de ce malentendu. Qu'est-ce qui lui avait pris aussi, à cette étrangère des Barachois, de venir se venger par une soirée de réjouissance? Ils riaient, giguaient et prenaient un p'tit blanc quand soudain, la femme à Ti-Pit Gallien fit irruption dans la cuisine d'été en fête. Échevelée, mal maquillée, elle tenait dans ses bras son bébé qui dormait.

La femme à Ti-Pit, c'était pas de leur monde, disait Toinette. Elle venait du Sud et elle ne parlait pas comme les gens du Nord. Elle avait épousé un cousin à Valentin qui était au sanatorium, à Four Corners, depuis les trois dernières années.

-Ben r'gardez-les, les courailleux du Bois, leur cria-t-elle. Voici vot' rejeton, les gars du boutte! Le curé veut savoir à qui c'é parce qu'i veut pas que je le baptise Gallien. J'vas le faire appeler Tranquille, tiens, comme votre maudit Bois qui colle à l'âme pis au corps, comme la gomme de sapin. Il vous appartient à tous, bande d'écoeurants.

Les hommes du village se laissaient descendre de leur piédestal devant leur femme fidèle, de toutes leurs prouesses, pendant que ton pauvre Ti-Pit s'ennuyait à mourir, au sanatorium, avec les soeurs blanches.

-William, continue la femme à Ti-Pit, tu es le plus cochon de tous. Je te payais pour les petites boîtes de mangeaille que tu déposais sur mon perron. Tu prenais la fuite, la maison n'étant pas assez propre, mais après, je passais par la porte d'en arrière et on grimpait au fenil de la grange.

Elle cracha sur ses souliers vernis.

-Pis toi, Clophas, père viril de six garçons... Quoi c'é que tu faisais quand t'étais supposément à prendre ta marche de santé? Pis toi, le beau Walter Gresley, Français manqué des Iles St-Pierre et Miquelon. Toi j'te r'marcie, par exemple. Tu m'as fait visiter Paris et les vieux pays, dans la tâsserie. J'apprendrai peut-être à ben parler un jour, grâce à tes leçons de français.

Un silence imprévu et lourd régnait dans la cuisine d'été.

-Le feu est pris dans ta cabane!, lui cria Lucien qui était suivant sur la liste.

Liliane, qui tremblait dans sa chaise roulante, regardait Samuel qui n'avait l'air ni coupable ni surpris. L'honneur était sauf! Pourtant, elle lui refusait son affection depuis sa chute. Valentin s'essuya le front. Il allait parfois chez Ti-

Pit porter de la truite et des gâteries aux enfants de son cousin métis, mais jamais il n'entrait.

-Merci, Adrienne, murmura-t-il tout bas. Marianne n'aurait pas compris. J'ai promis à Ti-Pit de veiller sur eux, mais elle est trop propre et belle pour m'imaginer chez vous.

La veillée se termina pendant que les hommes couraient, transportant des chaudières remplies d'eau. Adrienne partit le soir même et on ne la revit plus au Bois.

Clophas revint au présent, sous l'oeil observateur de Toinette qui souriait ironiquement.

''Ben, on va y voir'', pensa Clophas.

Une retraite s'annonçait pour le début octobre.

-Il y a de la connivence dans l'air, dirent William et Nézime.

William s'en fichait, lui, mais il jouait à merveille le rôle du mari éconduit. Ils étaient réunis dans la cuisine d'été, chez Clophas. Lucien, dont la femme avait des doutes, Nézime et William, buvaient du gin de Kuyper pendant que Toinette et Corine cueillaient les dernières citrouilles au potager. Corine trompait William avec Simon, le quêteux du bout, mais ça, c'était une autre affaire, les villageois ignoraient la chose. Qui aurait osé parler contre le père des pauvres, garde-chasse, inspecteur des chemins et bientôt, propriétaire du central de la compagnie de téléphone? Surtout, le traiter de cocu, ça ne se faisait pas, c'est tout. Il faut être poli quand on est pris à la gorge.

Ils jasèrent fort, prirent un coup de trop, et les quatre compères partirent pour le presbytère de La Côte. Le dimanche suivant, deux pères capucins, portant bures brunes et sandales en cuir d'Italie, se promenaient de la grande chaire à la statue grandeur nature de l'Immaculée Conception, exhortant les fidèles ("et les infidèles..." pensait Clophas) à prier pour les jeunes filles qui refusaient d'entrer dans le mouvement des Enfants de Marie, pour les moissons ("Quelles moissons?" ironisait Samuel) et enfin pour les femmes d'un certain âge qui ne se croyaient plus obligées d'accomplir leurs devoirs conjugaux.

-Et surtout, mes frères ("Jamais mes soeurs" contestait Toinette), faites votre devoir dans l'humilité et l'obéissance.

Plusieurs mères de famille, en chômage de devoir, rougirent violemment ou devinrent blêmes, selon les dispositions des globules, tout en fourrant leurs doigts dans les oreilles de leurs rejetons curieux.

-C'é-t-i' difficile, tes devoirs, m'man? Aussi dur que la grammaire ou l'arithmétique? interrogea un bambin de neuf ans.

- Espèce de niaiseux! ragea Toinette en faisant le signe de la croix, tout en souriant au prêtre barbu qui semblait la montrer du doigt.

Ironie du sort, Clophas, qui se permettait bien des négligences vestimentaires et qui subissait son âge avancé, se lamentait de son lumbago et de sa vessie.

-C'é l'humidité, Toinette... C'é pas grave. J'vas aller m'acheter des bottines de cuir doublées de peau de mouton. Tu verras. Attends à la semaine prochaine, veux-tu?

-Ben oui, mon homme, sirotait Toinette, soulagée, reposée, le regard toujours brillant du côté de chez Samuel Ferguson.

"Tant pis, Liliane Doran. Tu avales, tu gonfles sous ta robe défraîchie et tu ne peux plus te pavaner dans ta chaise à roulettes."

La vengeance est douce au coeur de l'ancienne fiancée abandonnée au pied de l'autel et ancienne serveuse de l'hôtel North Shore.

Clophas aperçoit Angélique qui cueille les dernières marguerites dans le champ de foin. Le verger, autrefois rouge et fertile, ne produit presque plus.

"À quoi bon, y'a pus parsonne, songe l'ancien fermier. J'ai de l'argent à la caisse d'épargne, pourquoi m'en faire?"

Il se gonfle d'orgueil devant les habitants du Bois. Son portefeuille, bien à la vue, dépasse de sa poche de pantalon. Il y a toujours vingt-cinq billets d'un dollar afin de grossir l'effet.

"Si elle est belle! soupire l'homme vieillissant. Pas étonnant que Claude s'énarve tant. I' dort pus, i'boit un peu trop d'bière avec Lucien et Simon, pis i'a pus envie d'aller étudier à Montréal. I'é fou, c'é toute. Maudite tête folle!"

Clophas, déçu, retrousse sa moustache épaisse.

"Ça ressemble à des poignées de bicycle, c'est ce que Philippe m'a crié hier. Ah! le p'tit sauvage! J'vas lui faire peur, un des ces jours."

Angélique se lève, un bouquet jaune et blanc à la main. Il n'y a que des chardons piquants et des asters sauvages maintenant, le long des clôtures de broche.

Elle s'arrête devant la fenêtre de la chambre de ses parents. Son père dort, immobile, presque sans souffle. Le moustiquaire vert jette des ombres quadrillées sur son visage pâle, jadis aussi brun que celui d'un prince hindou.

-On dirait qu'il est déjà mort, pense la jeune fille, figée sur place. Faudrait-il que je m'en assure, comme quand Samuel junior était bébé?

Elle écoutait si le coeur battait. Mais un coeur de bébé, c'est bien dissimulé entre la chemisette de flanelle et le nuage de poudre Johnson's. Elle n'entendait rien. La panique s'emparait d'elle. Le visage couleur de cire de son petit cousin, les yeux ouverts, mort d'une méningite, lui revenait à la mémoire.

Elle soufflait sur les cils recourbés du bébé, doucement, et puis plus fort. Elle enfonçait son pouce dans l'abdomen dodu, qui sentait le lait frais et l'urine chaude. Le bébé, comme par miracle, s'éveillait. Ses pleurs stridents et fâchés remplissaient la chambre et la cuisine. Ça montait jusqu'au grenier, jusqu'à la chambre d'à côté. Les moineaux s'envolaient, les mouches se taisaient, peureuses, la brise embrassant le moustiquaire. Toute la maison vivait, palpitait à cet instant, comme un coeur immense.

Marianne se fâchait, et avec raison...

-Mais voyons, Angélique. Il ne faut pas réveiller les petits bébés comme ça, brutalement. Ça les rend nerveux et c'est dangereux pour leur coeur. Pas fine, va.

Philippe pleurait parce que le bébé avait pris sa place.

-Qu'il dorme tout le temps, disait-il, une moue aux lèvres.

Valentin entrait en coup de vent, croyant à une catastrophe. Ah! ça, oui! La maison criait, pleurait, s'énervait. Marianne qui la grondait, Philippe qui jalousait et le petit bébé qui voulait dormir, mais dormir... Valentin en oubliait son bois d'hiver et bien d'autres inquiétudes. C'était bruyant, la vie. Ça coulait en larmes salées, ça ressuscitait la jalousie, et les habitudes quotidiennes continuaient.

Si elle osait, à cet instant, elle enfoncerait sa tête couleur de miel sur la poitrine aplatie de son père endormi. Il dort trop bien; il vit trop mal. Et puis un jour, il n'y aura plus personne du côté gauche du lit. Marianne, sa mère, dormira seule, ou avec le petit dernier qui grandit.

Tous changent. Mais Valentin, lui, disparaît graduellement, fondant comme la neige sous le soleil d'avril. C'est comme la vie à l'envers.

William viendra, la nuit, frapper à la porte. Marianne fera comme la femme à Ti-Pit, certain. Elle s'ennuiera dans le froid de la nuit. Au début, elle sera hautaine. Elle dira non... non... non. Après quelques mois peut-être, la place de Valentin sera occupée par cet homme arrogant mais beau, enjôleur, plein de sève et de convoitise refoulée pour Marianne.

Angélique, qui pense à tous ces événements probables, devient livide. Marianne, debout dans l'embrasure de la porte, la regarde, regarde Valentin. Soudain, la mère et la fille ressentent un grand malaise. Elles s'aiment, souffrent et doutent ensemble. Les mots sont désormais superflus. Angélique pardonne à sa mère son ardeur à cacher ses sentiments, à évincer les questions. La maison vit au ralenti, pendant que les deux femmes préparent le repas du soir.

Angélique repart dimanche après souper. Sophie vient la rejoindre, accompagnée d'un militaire de la base qu'elle a rencontré il y a deux semaines.

"Tiens, pense Angélique, qui est ce jeune homme qui peut lui faire oublier tous les vieux riches qu'elle rencontre à l'arrêt d'autobus?"

Un événement extraordinaire se prépare au Bois Tranquille. Demain, on fête les Dugas chez Samuel Ferguson.

La fête Chez Dugas

La femme à Nézime se demande ce qui se passe chez Samuel et chez Clophas. Cela fait déjà deux jours qu'il y a tout un remue-ménage entre les maisons. Hier, Clophas a traversé le champ avec Samuel. Ils transportaient la table ronde dans la cuisine d'été. La table ronde, c'était pour les grandes occasions, afin d'accommoder beaucoup de monde. On se tasse, on discute. C'est bon d'être ensemble, même à un enterrement. Mais à qui la fête? Quelle visite inattendue? C'est déjà septembre. Les visiteurs des Etats, de Montréal et de l'Ontario sont déjà tous repartis avec leurs valises usées, des cages à homards vides juchées comme des panaches d'orignal sur les toits des voitures brillantes.

-Pis moi, hein? On m'a oubliée, cet été? Pas une visite. Pourtant, j'ai dix-sept enfants vivants, dont huit sont déménagés ailleurs. Ah! les ingrats, sans-coeur d'enfants. Cinq qui sont passés aux armes dans les vieux pays pendant la guerre... Ben, i'ont pas de coeur au ventre.

Elle renifle bruyamment. Elle espionne Marianne et Angélique qui transportent des marmites de chez Clophas à chez Samuel. Toinette coupe les dernières fleurs de son jardin garni.

-Ah! Seigneur! Qu'i' s'arrangent, les snobs de voisins.

Elle n'est pas curieuse de nature, mais il y a des limites. Elle n'en a jamais eu le temps, la pauvre. Un enfant n'attend pas l'autre.

-On sait ben, disait Toinette, c'é pas si pire que ça. T'as eu deux paires de bessons.

-Ouais, mais i'fallait travailler en double.

"Tiens, ça c'est bizarre. Violette, ma plus jeune, s'affaire au deuxième étage pis même au grenier. C'é pas souvent qu'a s'grouille de même. A passe son temps à rêver à la ville pis à lire des revues douteuses avec des photos osées dedans. A pourrait ben me demander des questions, non? Si je connais ça, la vie. L'amour aussi. Parce que Nézime, je l'ai toujours aimé. I' pouvaient rire, les autres, pis s'moquer, avec leurs histoires malpropres. Mes enfants, je les ai conçus dans la joie d'aimer Nézime. I' m'aimait-i', lui itou? I' me l'a jamais dit."

Elle soupire, ajuste son chignon grisonnant et étire le cou du côté de la cuisine. La femme du marchand, sa plus proche voisine, qui n'a pas d'enfants, étend ses courtepointes sur la corde à linge et frotte ses vitres au "Bon Ami".

"Pourtant, c'é pas l'printemps. C'é le début de l'automne."

Elle se rassure en regardant le calendrier accroché au mur. Ça lui arrive assez souvent de perdre la notion du temps. Elle s'inquiète un peu. Avant, c'était facile. Elle comptait les mois, les semaines et les jours. Son ventre lui parlait, comblant ainsi le vide créé par le manque de relations amicales avec ses voisines. Celles-ci se voisinaient, buvaient une tasse de thé, mangeaient des biscuits soda, pendant qu'elle, la Dugas, tâtait son ventre rond en parlant à son futur rejeton, et en décrottant les précédents. Nézime, lui, partait au chantier, revenait, la mettait enceinte, puis repartait. Et pourtant, Nézime lui manquait, ses silences, ses gestes lents...

''La femme du marchand en a pas d'enfants, et elle s'ennuie. J'l'envie pas, certain. C'é ben pire: ça la gêne. Elle pleure, après les réunions des Dames de Sainte-Anne, et elle ne va jamais aux fêtes après les accouchements. Les hommes s'imaginent qu'elle est pas normale, pis i'rient de son mari. Pas dans sa face, ah! ça, non! I'ont trop peur de perdre leur crédit.''

Ses pensées vagabondent. Elle se revoit parfois jeune mariée. Elle était belle, la Dugas. Ça, oui! Nézime le lui disait souvent. Ah! l'enjôleur... Enfin, elle avait des yeux pour deviner ceux des autres.

-Prends ton homme par l'estomac, lui avait suggéré sa mère.

''Ah, la, la! Quelle figure ma mère faisait... Le premier né à sept mois... Scandale! Nézime m'avait attrapée, lui, mais d'une autre manière... enfin je l'ai bien cherché.''

Elle se met à rire en s'admirant dans le miroir cassé, au-dessus du lave-mains.

Elle a bien entendu parler du discours de la femme à Ti-Pit, mais son instinct lui disait de se taire. C'était bien normal, pour un homme aussi vigoureux que Nézime, d'aller faire un tour chez cette femme qui s'ennuyait. Ça en prenait, des femmes comme celle-là. Autrement, il n'y aurait jamais eu de Marie-Madeleine. Que celui qui est sans péché jette la première pierre. Si Dieu permettait le pardon et l'indulgence (surtout envers ces péchés-là), il fallait bien que quelqu'un en fasse honneur. C'était une question d'orgueil et non de tromperie, sinon Nézime l'aurait laissée entre les grossesses et son retour d'âge prématuré.

-Nézime, i'avait faite son devoir pis plusse. Ah! ça, oui! Pauvre Nézime, soupire-t-elle, dans toute son innocence.

Angélique s'affaire autour du poêle électrique, parce que chez Clophas, tout est maintenant électrique. Depuis sa bonne fortune, il gâte Toinette ou plutôt, il gâte son orgueil personnel.

-Un frigidaire qui fabrique sa propre glace! s'écrie Toinette émerveillée. Un grille-pain, une horloge silencieuse, une laveuse qui lave toute seule, avec une cloche qui sonne comme un réveil-matin.

Elle nage en plein modernisme.

Claude regarde Angélique, les yeux luisants.

''Elle est pas pire, la fille à Valentin. Elle fait presque aussi bien à manger que ma mère. Faudrait que j'aille voir le patron du moulin, moi asteur. J'ai une neuvième année et j'veux pas aller au collège à Montréal. Je perdrais Angélique. On pourrait se marier, louer une maison tout près et on serait heureux.''

Le bonheur, pour Claude, c'est de bien manger, de dormir tard le matin, de porter une chemise blanche même pendant la semaine, de jouer au poker avec la bande à Lucien et d'aller voir les parties de hockey, l'hiver, à La Côte. Il sculpte son ''petit coq'' à même sa chevelure abondante, à la brillantine.

''C'est pas moi qui vas aller m'enrôler et me faire raser la tête. Ah! ça non. J'ai peur des avions. Faut pas que je vise trop loin, asteur qu'Angélique ne parle plus de voyages, depuis le départ de c'te maudit Walter.''

Il toussote, rompant le silence de la cuisine d'été. Il demande, la bouche en eau:

-Heye! Angélique, quand c'é qu'on s'marie, hein?

Angélique ne répond jamais à cette question fade.

60

-Ça c'est tannant, mon Claude. Apprends donc à parler comme i' faut avant, hein!

Claude, déçu une fois de plus, la regarde froidement.

-Espèce de sauvagesse. Câline de p'tite snob. Licheuse d'Anglais. (Il est écarlate). C'est grâce à eux autres, les chums à Samuel, si t'as une belle job de même.

Il sort en claquant la porte.

Angélique se demande si un jour, elle aura un mari qui pourra lui procurer le confort dont jouit Toinette. Walter, Paris, les avions gris... C'est déjà fini, enfoui. C'était hier. Aujourd'hui, c'est samedi. Toinette lui crie du salon:

-C'é-t-i' prêt, le fricot au poulet? Les Dugas vont être surpris, tu penses? Dépêche-toi, il faut traverser chez Samuel.

Chez les Dugas, Violette, la cadete, s'impatiente. Sa mère ne veut pas traverser chez Samuel Ferguson. Liliane la gêne. Elle n'a pas vu ''la duchesse'' depuis deux ans déjà.

-Quand j'y pense, marmotte-t-elle. Moi avec mes robes usées, pis elle avec ses chiffons et ses attirails d'homme pour monter à cheval... Et elle avait pas l'air d'un mâle non plus, hein!, même avec des pantalons serrés. Pis a l'savait.

Elle grimace à la fenêtre du côté de chez Samuel.

-Écoutez maman, supplie Violette. Madame Liliane s'est radoucie. Elle n'est plus très belle et elle s'est épaissie depuis son accident. La maison est moins décorée qu'avant.

-Avant quoi?, demande la Dugas.

-Ben, avant l'accident, voyons.

-Quel accident?

-Ah! rien, maman. J'vous l'ai dit des dizaines de fois, elle s'est cassé les reins en tombant du cheval Courage.

-Ah! c'é vrai, j'avais oublié.

Violette reprend:

-Les rideaux de velours ont été remplacés par des rideaux en coton fleuri, c'est beau pareil. C'est sa fête, à Samuel. Il faut y aller, m'man. Autrement, Lucien et sa femme seront insultés. Ils nous laissent jouer de la guitare et jouer aux cartes tous les bons soirs... S'il vous plaît, m'man. Pour moi.

-Ça va, ça va. Attache mon chignon. Tiens, j'ai une barrette nacrée dans le tiroir du lave-mains. Je l'avais à mes noces. Heye! c'é pas trop pire, s'écrie-t-elle en passant devant le miroir du petit salon. À mon âge, c'é passable.

Un sourire rempli de coquetterie se dessine entre ses lèvres sans fard. Nézime sort de la chambre à coucher. C'est un homme plutôt petit de taille, mais musclé, l'oeil vif, le teint lisse et rougeaud.

-Envoye, ma femme, on va avoir de l'agrément à soir.

Tout est prêt chez Samuel.

-Les Dugas arrivent. Chut! Silence, les jeunes.

Samuel ouvre la porte de l'ancienne cuisine d'été. La galerie fignolée est à demi arrachée et des barreaux gris pendent lamentablement vers le sol.

-Bonjour, les voisins.

Samuel serre la main de Nézime qu'il voit tous les jours et salue madame Dugas. Nézime n'est jamais chez lui, depuis que les enfants sont tous partis, à l'exception de

Violette. William lui fait souvent remarquer qu'il devrait faire d'autres petits à Maria.

-Ça c'est étrange, marmotte la Dugas, Samuel est tout endimanché. Une surprise mon oeil! On dirait qu'il est au courant que c'est sa fête. Ça doit être des allures de juge de paix, ça. Se faire fêter!

-Entrez par la cuisine, invite Samuel, souriant.

-Faut croire que le salon, c'é juste pour la grande visite pis les religieux, ironise la femme vexée.

On entre. Un silence nerveux fait entendre le tic tac de l'horloge en plastique rose et le bruit de l'eau qui bout dans le réservoir adjacent au poêle à bois. Le mystère flotte dans l'air, entre le plafond et le plancher. Tout à coup, les portes du salon s'entrouvent.

L'ancienne pièce, autrefois élégante et réservée aux cérémonies, n'est plus qu'une pièce sans style, servant de cuisine et de salle de séjour. Des banderoles de papier crêpé s'agrippent aux quatre coins du plafond. Au centre de la table ronde trône un gâteau à trois étages. Philomène, la servante, s'est surpassée encore une fois. Il y a des petits cadeaux enveloppés savamment: des mouchoirs brodés, des taies d'oreiller, un grille-pain tout neuf et lui-sant...

-Une vraie noce, s'exlame la Dugas.

Trois autres tables sont garnies de plats de plastique qui débordent de sandwichs et de croustilles salées. Le pain tranché du magasin a remplacé celui de la servante. Il y a des verres, des assiettes et des serviettes, tous en papier. Des biscuits soda nagent sous le fromage fondu. Les carrés aux dattes sont un cadeau de Toinette, les tartes au citron, de la femme du marchand et les marinades, de Marianne.

Philomène a laissé le chaudron de fricot au poulet dans la dépense, au frais.

-Inutile de tout dévorer en même temps. Ça fera pour le goûter, après la danse, explique-t-elle à Clophas qui chiale du manque de nourriture.

-Un certificat encadré du Pape Pie XII! ne cesse de s'étonner la Dugas. Ben, c'é-t-i' Dieu possible, Nézime. Le Pape sé qu'ça fait cinquante ans qu'on est mariés pis le curé de La Côte, lui, i'é même pas icitte.

Surprise! Les cinq soldats descendent l'escalier, vêtus de leur uniforme kaki, mais sans fusil. Depuis, les jumeaux Théo et Thomas, ont engraissé.

''Ils ont l'air ridicule'', songe Angélique qui observe, assise sur le banc du quêteux dans le hall d'entrée.

La bedaine de bière de Josephat semble vouloir péter les boutons autrefois brillants de sa chemise, Richard, le plus grand des cinq, ressemble à sa mère. Enfin, voici Michel, le benjamin, qui arrivait en France trois jours avant l'armistice. Il en veut encore à Hitler et à tous les gouvernements. Une seule médaille à montrer le jour du souvenir, aucun exploit excitant à raconter, aucune ville exotique à décrire. Ah! il s'était bien blessé, le pauvre.

-Il était saoul comme une botte, raconte Josephat en ricanant. Il est tombé d'un balcon de l'auberge où l'on s'était donné rendez-vous, le fou. Il pensait qu'il était sur le premier plancher.

-Un séjour dans un hôpital de Dunkerque lui laissait le souvenir d'une ville sombre sous la pluie.

-Maudite guerre ratée! Faudrait bien en inventer une autre bientôt.

C'est son sujet favori. Les filles de Montréal sentent ''l'Evening in Paris'', ce parfum en bouteille bleue qui fait l'envie des jeunes filles du Bois. Elles suivent leurs frères, suivies de leur mari. Il y a du monde partout. La maison de Samuel change de décor, de couleur, mais ce sont toujours les mêmes sourires de convoitise qui surpassent les regards admiratifs. Les femmes du Bois ont l'habitude de s'habiller à la mode, selon le catalogue Simpson ou Dupuis-Frères. Mais les filles chez Dugas, quel déploiement! Un arc-en-ciel de tissus défile le long de la rampe. L'aînée porte une robe en taffetas vert émeraude; une autre, une jupe évasée couleur de tournesol. La cadette porte des sandales en plastique transparent.

-R'garde maman, s'écrie Philippe. Elle porte des souliers en mica!

-Tais-toi donc et regarde, tannant, réprimande Marianne.

La parade de mode est terminée. William se réchauffe à la vue de tant de jambes galbées, de chevilles agiles, de mains gantées, de cheveux frisés... et ce parfum, ouf! Il part sur la galerie et avale une gorgée de whisky chaud.

-On s'croirait aux p'tites vues, hein, Valentin?

C'est Josephat qui trouve toujours le moyen de faire sentir sa présence.

''Il a trop bu,'' pense le joueur de violon, agacé.

Il ne répond pas. Il regarde Marianne qui s'est coupé les cheveux. Sa robe lilas fait ressortir les taches de rousseur sur son visage inquiet. Il n'est pas dupe, Valentin. Marianne a coupé ses cheveux, sa plus belle parure, afin d'éloigner les regards de William.

-Pauvre Marianne, soupire-t-il tout bas. Ils vont repousser, tes beaux cheveux écarlates, mais moi, je ne serai plus là pour les admirer.

Il s'essuie le front du revers de sa manche de chemise et observe les gens qui l'entourent.

"D'une manière, Josephat a raison. C'est un peu comme dans un film satirique. Les villageois m'observent, je le sens. -Envoye, Valentin. Joue-nous une gigue. Sors ta rousine... Tu parais ben, cette semaine... As-tu ben mangé depuis dimanche passé?-"

Il se sent épié par la mort qui se promène dans les regards anxieux des voisins. Attendent-ils cet événement comme un divertissement soudain, avant l'hiver?

-Heye! Valentin!

C'est encore Josephat, le plus âgé des vétérans, qui déteste le joueur de violon expert. Le roi de l'archet achève son règne. S'il pouvait seulement maîtriser le *Reel de l'Oiseau Moqueur* comme Valentin, il serait content de lui; on l'admirerait, car ces vieilles histoires de guerre n'intéressent plus personne. Quand Valentin joue ce morceau, c'est comme le printemps en hiver ou la tempête en plein juillet. Mais lui, il essaye, écorche ses doigts et surtout les oreilles de sa femme.

-Couche-toi, Josephat. Il est une heure du matin, et tu fais japper le chien.

Il tappe Valentin entre les omoplates et déclare d'une voix forte:

-C'é-t-i' plaisant de s'faire vivre par Alexis pis ta belle Angélique, hein? T'é même pas malade, tu l'fais accroire. C'é ça, tu fais semblant, mon maudit écoeurant.

Valentin est livide. À quoi ça sert de répondre à cet idiot de Josephat qui a trop bu. Que pourrait-il ajouter, sinon qu'il se sent parfois léger comme un nuage qui va crever. Et tout à coup, le nuage éclate, sa poitrine se contracte et il tombe dans une demi-inconscience. Comment expliquer ce qui se passe dans la tête et dans le coeur d'un homme de quarante-cinq ans qui voit sa vie se consumer lentement comme un feu d'aulnes?

Samuel, qui a tout entendu, se sent mal.

''S'il fallait que ça tourne en catastrophe, comme à la grande veillée!''

Valentin surprend le regard inquiet de son beau-père et réagit gaiement.

-Heye! Tout le monde en place. C'est le temps de faire grouiller vos pieds. Envoyez, les gars, prenez votre compagnie.

La musique magique arrange bien des choses dans ce coin reculé où les envies et les chicanes sont parfois un prétexte au plaisir de se faire remarquer, de faire savoir qu'on est là et qu'on existe.

Angélique observe les gens du haut de l'escalier. Elle les voit déjà à distance, avec un peu de recul. Ça fait déjà deux ans qu'elle demeure à Four Corners.

''Walter, où es-tu? Ce serait tellement rassurant de te voir apparaître tout à coup. Tu serais le clou de la fête, la surprise de l'automne... Tu serais bien habillé, bien peigné... Tu sentirais la 'cologne' discrète et le tweed anglais.''

Elle se mord la lèvre supérieure: elle a envie de pleurer. Claude vient d'entrer dans la cuisine d'été. Il l'ignore, mais elle ne s'en inquiète guère. Il l'invitera à danser, plus tard, après la partie de hockey diffusée à la radio, dans la salle de musique.

La Dugas s'émerveille:

-Ah! c'était ça, tout le chambardement, les couvertes sur les cordes et tout le reste. Ah! mes enfants, quelle surprise! Mais vous allez tous venir coucher chez nous à soir, compris? Faut pas ambitionner de la bonté des voisins, ah! ça, non! La surprise est finie.

Angélique, toujours à son poste, remarque qu'un des gendres chez Dugas est Italien. Sa peau olivâtre fait contraste avec l'épiderme fade et pâle de sa femme Alma; ses beaux yeux noirs ont un regard lumineux et lointain, comme une nuit de chaleur.

-Où c'est, l'Italie, pépére? questionnait-elle, pendant le séjour des vacanciers.

Samuel, agacé, lui répondait:

-Tu demanderas à Walter demain!

C'était pratique, quand le professeur était présent. Pépére pouvait bien être juge de paix à ses heures, être bilingue et deviner les changements de la température, mais de là à connaître l'Italie... il y a des limites au savoir.

Elle évite de regarder Valentin qui semble très fatigué, et son regard se dirige du côté de sa grand-mère Liliane. Elle se tient à l'écart, près d'une fenêtre autrefois drapée de rideaux de velours. La lumière crue d'un coucher de soleil éclaire son visage qui se flétrit.

''Où es-tu mamie jolie, qu'on surnommait la ''duchesse'' du Bois Tranquille, blonde, élégante, tes cheveux flottant au vent? Tu me parlais des îles lointaines de tes ancêtres, des papillons naïfs et confiants qui ne vivaient qu'une courte saison. Tu me parlais aussi des choses de la vie des femmes, que l'on n'osait pas décrire aux fillettes de quinze ans.''

Samuel, qui observe Liliane, n'a pas tellement changé. Il est encore droit et blond. Ses cheveux épais brillent au soleil qui descend. Serais-tu un aristocrate oublié ou un prince qui abdique, Samuel? Un pli amer, à peine visible, se faufile le long de sa joue raffinée et laisse paraître l'amertume.

Clophas se promène d'un invité à l'autre, en parlant de sa chance inattendue.

-Oubliez pas que c'é moi qui a fourni le jambon, les betteraves en pot, hein!... pis les patates pilées.

Il tâte sa poche de pantalon et caresse son porte-monnaie qui dépasse. La danse continue. Valentin n'a joué que deux quadrilles et c'est Josephat qui prend la relève, content.

-Je l'aurai, le *Reel de l'Oiseau Moqueur*, maudit verrat!

En attendant, les villageois trépignent au son de son violon qui sonne faux.

Valentin ferme doucement la porte et retourne chez lui, suivi de son chien Fidèle. Angélique n'a pas envie de descendre de sa tour improvisée. Elle repasse en mémoire certains événements. La mémoire, cette boîte à souvenirs, le son des gigues irlandaises, les cloches de l'église quand le vent subsiste: c'était la vie qui grouille, prometteuse. Walter se faufile dans son subconscient comme une bouffée de connaissance.

Walter lit-il encore la biographie des grands hommes du globe, des savants, des scientifiques? Les historiens décrivent les guerres, les conquêtes des généraux ou les défaites d'un peuple. Ah! c'est facile d'écrire l'histoire. Ils ouvrent de grands cahiers jaunis, remplis de notes, d'anecdotes et de dates précises; des centaines d'années ressuscitent sur les pages blanches des manuscrits. Mais l'histoire, c'est peut-être les habitants du Bois, de La Côte et des colonies.

"Je n'ai pas encore dix-neuf ans et je pourrais décrire les changements, les défaites et les victoires des personnes qui m'entourent ce soir. Mais qui me lirait? (Elle sourit.) Ah! Les héros seraient peut-être fades, sans panache. Les femmes belles, fécondes, même la femme du marchand et la femme à Ti-Pit.''

William disait que la femme du marchand était incapable de produire parce qu'elle était laide! Elle n'était pas belle, d'accord, mais elle était douce et discrète, au magasin. Elle lui donnait des chocolats aux cerises, à tous les jours de l'an, et à Pâques. Était-ce une question de beauté que de porter un enfant pendant des mois et enfin, de le laisser crier à la vie? Pourtant, à l'église, le dimanche, il y avait des dizaines de mères pas trop jolies qui mouchaient le nez de douzaines de bambins. C'était peut-être ça, la fin du monde: ne pas contribuer au racines de l'arbre. L'orgueil des hommes fertiles égalait-il celui des femmes belles et rondes à croquer sous leur jupe de taffetas. Madame Lebrun n'allait jamais dans les fêtes, après les accouchements. Elle se sentait de trop et Toinette, qui enviait la disponibilité de sa voisine, l'insultait ouvertement:

-Vous êtes ben chanceuse, vous, de ne pas être obligée d'empêcher la famille? Nous autres, les femmes fécondes, hein?… Il faut se surveiller, suivre les dates au calendrier et se faire chialer par nos maris enflammés et les curés fâchés.

-Ah! rageait Toinette, elle est chanceuse, la femme du marchand. Tiens voici Thomas chez Dugas qui danse avec sa femme, la fille des Martin, à l'extrémité du Bois.

-Pauvre Thomas, murmuraient les villageois quand il revint de la guerre.

Il était fiancé à une jolie brune de La Côte, et les voisins chuchotaient, après son passage boîteux. Il était blessé, le beau Thomas à Dugas, mais pas assez pour obtenir une médaille ou une petite pension. Il avait hérité de la peur et il avait horreur des avions qui s'aventuraient parfois au-dessus des villages à bois. Et puis, voici qu'une base militaire se construisait près de Four Corners et des avions gris feraient des acrobaties tout près, tout près! Les villageois trouvaient ça bizarre, même drôle. Un ancien soldat qui a peur des avions! Valentin leur disait de se taire, que la peur n'a pas d'odeur. Elle arrive, sournoise, comme les cauchemars, la nuit. On s'éveille, et le cauchemar est fini. Mais la peur, c'est une ombre qui nous suit tout l'temps, partout.

-Quelle pitié, disait Toinette à Liliane. La petite hypocrite, hein!...

Elle baissait le ton, plissait les yeux. Angélique écoutait, tout en dégustant les petits pois frais.

-Ben oui, j'te dis, Liliane. Elle a tout empoché l'argent que Thomas lui envoyait de derrière les tranchées! Pis là, elle s'é mariée avec un Ecossais des Falaises. Pauvre Thomas, va... I'a pus rien que son fond d'culotte pis sa belle face, i'é pas assez blessé pour avoir une pension. C'é pas juste, hein Liliane?

Les commentaires allaient bon train. Parfois, le vent tournait et elles se moquaient, ces femmes mariées, en sécurité.

-Tant mieux pour Thomas à Dugas. I'avait ben beau de pas s'enrôler. I'était pas obligé, étant soutien de famille. C'é rien qu'une excuse, la guerre, pour faire des bêtises pis aller voir les vieux pays. Une vie d'homme, la guerre, pis ça fait leur affaire. Tant mieux pour Thomas à Dugas.

Angélique regarde Thomas qui sourit à Martine.

"A-t-il encore mal ou peur, parfois?"

C'était il y a quelques années déjà. Un soleil craintif réchauffait les premières marguerites. Une odeur de terre fraîche sortait du caveau. Les femmes sortaient leurs vêtements d'été, et les cordes à linge courbaient sous le poids généreux. L'été arrivait, cajoleuse, fébrile. Thomas traversait le chemin étroit, tout usé, entre leur maison et celle des Dugas. Il boitait un peu, ce qui le rendait encore plus pathétique aux yeux de la fillette qui regrettait soudain le Thomas de ses neuf ans. Il tendait la main à son voisin Valentin, les larmes aux yeux. Elles luisaient, hésitantes, sous son béret de militaire. Elle n'avait jamais vu un homme pleurer. (C'était avant, bien avant l'accident et la maladie de Valentin.) Cela lui faisait mal. Thomas sanglotait, enfin délivré de ce poids exaspérant. Il s'asseyait au pied de Valentin comme un enfant qui a soif de parler. Il était grand et fort physiquement, mais il avait besoin d'entendre la voix douce et patiente du bon voisin attentif. Ses phrases brèves semblaient apaiser la douleur du soldat blessé, surtout dans son orgueil. La jambe déchirée, ça allait se recoller, certain! mais le coeur cassé...

Angélique, qui écoutait, se demandait ce que voulaient dire tous ces mots étranges qu'emploient les adultes: aimer passionnément, tricher, tromper, et plus encore... Comme une tisane indienne, les mots de Valentin apaisaient la tension de Thomas. Il s'essuya les yeux, l'air fâché.

-Joue-moi de ton violon, voisin. Si tu savais comme j'en avais envie, quand j'étais sous les bombes et les écrasements. C'était épeurant. L'enfer, si j'y vas, ça sera pas une épreuve grave. Je l'ai vu pis entendu; je l'ai même senti. Un jour, trois de mes copains ont tous r'volé en l'air.

Ils venaient de changer de tranchée, pis c'était pas plus loin que de chez nous à icitte. Ah! c'était pas comme aller chez le voisin. J'ai vu une tête par icitte, un bras par là!

Il suait, se tordait les mains en faisant des gestes au ciel, comme s'il était encore sur place.

-Des vrais catins d'aplâtre, que j'te dis. À la tombée de la nuit, j'ai arrêté de faire le mort. Ben j'étais mort de peur, mais j'étais encore en vie. J'comprenais plus rien, moi là. Les Allemands étaient partis ailleurs. J'me suis retrouvé dans une vieille baraque en pierre. Y'a pas beaucoup de bois, là-bas, Val. J'me croyais tout seul là-dedans, pis imagine-toi, voisin, être tout seul au milieu des cadavres, là, dehors, dans le champ qui ressemblait à un labourage d'humains... J'avais comme peur du silence. C'était la première fois que j'étais seul, depuis que j'avais pris le bateau ou que je dormais dans le fenil chez nous. Mais y'avait un autre soldat, là-dedans.

Valentin écoutait sans interrompre, attentif.

-Il n'avait pas d'arme et j'ai pas eu le courage de le tuer. J'étais rassuré de voir quelqu'un... C'était plus réel, tu comprends?

-C'était un Allemand?

-Ben oui. Pas plus vieux que moi, beau, pis blond. On est restés là-dedans jusqu'au lendemain après-midi. Il m'a donné du pain sec et presque noir; je lui ai donné ma dernière cigarette. On parlait moitié anglais, moitié français. On s'é conté nos espoirs pis nos amours... pour après. Moi j'avais pas remarqué, mais il ne bougeait pas, tassé dans la botte de foin. J'ai dû m'endormir parce que tout d'un coup, je lui parlais, et... pas de réponse. J'ai ouvert la porte. La fumée sentait la chair brûlée, comme les cochons après la boucherie... T'en souviens-tu, Valentin, des tueries, du boudin et pis la danse après?... I'était mort, le gars, le soldat perdant, dans une mare de sang grande de même!

Il décrivait d'un geste circulaire un tapis rouge imaginaire.

-Pis moi, Valentin, j'entendais ton violon, droite là, dans ce décor de folie. Des tounes irlandaises, des gigues écossaises... J'ai continué à marcher. J'me souviens pus du reste. I'm'ont trouvé un mille plus loin, la jambe en sang. Tu m'as sauvé la vie, Valentin, avec ta musique. Merci!

Il se leva et allait partir, mais Valentin le retint doucement.

-Regarde le Bois Tranquille. Regarde-le bien, Thomas. Sens-moi cette gomme sauvage, ce soleil qui guérit ta jambe blessée. Tu es en vie, mon gars. Tu es juste brisé un p'tit peu. La fille chez les Martin t'attend. Je le sais. Elle a tout compris. T'auras même pas besoin de t'expliquer, tiens. Les visiteurs vont bientôt arriver. Ça danse mal, Thomas, tout seul. Il fait beau, il fait chaud. Que veux-tu de plus?

Thomas se leva vivement, cette fois-ci. Revigoré, il se dirigea vers le chemin des Martin. Martine était accroupie dans les rangs de laitue. Elle leva la tête. Thomas avait déjà moins mal.

''L'amour, c'est ça, pensa Angélique, confuse. C'est recyclable comme la laine des vieux bas, alors?''

Elle revient au présent. Thomas danse, les deux jambes guéries. Il n'a pas décroché de pension; on se demande pourquoi.

-Parce qu'il n'a eu qu'une grosse égratignure, disait Clément, qui n'avait rien vu, rien ressenti et qui buvait sa pension en essayant de se rappeler.

La fête continue, le violon de Josephat semble pleurer.

-Valentin va-t-il revenir avant la fin de la soirée?, s'impatientent les danseurs, habitués à la qualité...

-Pauvre Josephat. Il faut bien l'encourager, crie William, un peu ivre. Valentin sera pas toujours là.

Marianne pâlit. Philippe questionne:

-Où c'est qu'i' va aller, papa?

-Nulle part, murmure Marianne, doucement. Fais dodo, veux-tu?

Tiens, voici Diane.

''Enfin, une fille de mon âge'', pense Angélique qui dévale les marches de l'escalier. Et puis non. Diane, l'amie d'enfance, des bancs d'école, n'est plus une jeune fille. Elle a épousé le plus jeune chez Dugas, le beau Denis, qui travaille dans les chantiers de construction un peu plus loin, de l'autre côté de Four Corners.

Elles s'embrassent, se bousculent.

-Heye!... mais si tu es belle, Angélique! Une vrai lady!

Diane la regarde, l'air ébahi.

-Tu dois être bien, à la compagnie de téléphone? Moi, j'attends mon premier dans six mois.

Elle tâte son ventre encore plat.

-Ah oui! Si tu savais comme il est gentil, mon Denis.

Elle lui chuchote, à l'oreille:

-Il se lève la nuit et allume la lampe de poche pour ne pas me réveiller, mais je fais semblant de dormir. Il me regarde, comme si j'étais une pièce rare, une relique peut-être, comme dans les livres à Walter. Je me sens comme une reine ou une grande vedette de cinéma. Et il embrasse lentement, doucement, pas comme Claude Hébert.

Elle lève les yeux au plafond, les lèvres frémissantes.

-Ah! je suis bien contente pour toi, murmure Angélique, embarassée.

Elle pense:

"Diane n'a pas le droit de partager des sentiments aussi intimes. Et pourtant, ça m'encourage. Les hommes ne sont peut-être pas tous vulgaires comme Clophas et William."

L'image de Claude et celle de Walter se superposent dans son cerveau incertain. Diane la quitte en lui criant:

-Ce sera ton tour bientôt, ne crains rien.

La voici blottie dans les bras de son mari Denis, le benjamin des Dugas. Et ça tourne: la danse les enlève dans un tourbillon inégal.

-Et puis, qu'est-ce qu'elle a, à parler de Claude?

Elle se surprend à jalouser Diane. Pourtant, Claude Hébert, qui ne jure que par Angélique, ne vit que pour ses baisers furtifs.

-Ah! l'hypocrite, murmure-t-elle, confuse. Je m'en fiche, tiens. Je n'ai pas le droit d'empêcher Claude de regarder ailleurs, moi qui ne l'aimerai jamais. Pourtant, ses baisers sont un peu plus instruits, dernièrement. Ca doit être Diane qui l'a apprivoisé avant d'épouser Denis. Peut-être que Diane... depuis que son mari travaille au loin... peut-être bien qu'elle, enfin, non!

Elle ferme les yeux et pense soudain à Sophie Albert qui devait descendre au Bois à la fête des Dugas, accompagnée

de Bobby Bujold. Mais qui est-ce, ce Robert Bujold, surnommé Bobby? Ah! la Sophie. Va-t-elle tomber en
amour, elle aussi?

Elle oublie Sophie et regarde Diane et son mari qui tournent, les yeux dans les yeux. Elle a peine à reconnaître son
amie de banc d'école, sa confidente, aux récréations.
Diane, timide, peureuse, incertaine... Elles étaient in-
séparables, à l'époque. Elles couraient dans le chemin du
roi, jusqu'à l'école jaune. Diane lui apprenait le français et
elle, l'anglais qu'elle avait appris aux Falaises. C'était bon
d'avoir quelqu'un de sincère, après un déménagement.
Elles arrivaient toujours premières, dans leurs classes
respectives. Diane était quand même âgée d'une année de
plus. Le même banc à deux places les attendait au début
de septembre. Vite! Première rendue, première servie.

Elles écoutaient, après souper, *Un homme et son péché*,
La pension Velder, *Les Plouffe*; *Le Survenant* arrivait comme un dessert. Jean Coutu, de sa voix profonde, faisait
rêver bien des femmes au Bois, mais Diane exagérait. Elle
se rongeait les ongles, clignait des yeux: une vraie
dévergondée! Quand il disait:

-Fais-toi z'en pas, Angélina.

Elle disait à Angélique:

-Je file mieux pour affronter la vie. Je l'aime, je l'adore.

''Pourtant, pense Angélique, Denis a une voix rauque
et il parle vite.''

Il y eut des périodes de crise, il fallait s'y attendre. Une
chicane qui dura deux semaines. La soirée d'amateurs.
Oui, c'était bien ça. L'historienne du Bois fouille sa
mémoire. Heye! aller chanter, au sous-sol de la grande
école à La Côte, *Quand le soleil dit bonjour aux montagnes*, devant des centaines de spectateurs... C'était quel-

que chose. Il y avait un beau dix piastres à gagner. Assez pour deux paires de "loafers": une paire de couleur blanche, et des noirs, pour l'école. Ces souliers plats, sans lacets, faisaient rage chez les adolescentes.

Elles étaient deux qui chantaient. Donc, qui blâmer? Qui?

-Dis que c'est de ta faute, Angélique. Tu as encore un accent.

-Un accent, mon oeil! s'écriait Angélique. C'est pas facile de chanter à deux voix.

Elles avaient gagné le deuxième prix. Simon également, avec sa guitare. Pourtant, il quêtait, mangeait trop, et il n'avait même pas besoin de faire brûler des lampions, lui.

-Ben, j't'aime plus, Angélique.

-Moi non plus, cria-t-elle en pleurant.

Mais c'est difficile, quand on se réveille un matin, son drap tout taché de rose.

-Dis, Angélique, j'suis pas malade, hein?

-Ben non, Diane. Tu deviens une femme! Mémére m'a tout raconté à ce sujet-là.

-J'veux pas être une femme, moi. Pas asteur, pis jamais.

Elle criait et pleurait en s'en allant à l'école.

-Tu sais pas, hein? Ben moi, j'ai regardé dans les fentes du plancher, quand maman a eu le dernier bébé. C'était effrayant, j'te dis... Du sang violet, des cris, des grincements de dents...

Elle frissonnait dans la chaleur de juin et se mit à vomir. Angélique lui caressa les cheveux, parla des papillons qui n'étaient que chenilles, du pouvoir de la vie, de la peur noire de sa maladie.

-Il n'y a rien de pire que la peur, Diane. Avoir un bébé, ça se crie, ça se sent, tu viens de me le dire. Mais avoir peur dans le silence... et tu peux même pas crier.

Les deux fillettes, les yeux rougis, arrivèrent en retard à l'école.

-Où étiez-vous, mesdemoiselles? questionna Mlle Sivret.

-On accouchait, murmura Diane, se regardant le bout des pieds.

Aux séances de Noël, elles jouaient parfois dans les pièces improvisées. *Les Deux orphelines* étaient à l'honneur, cette soirée-là. Les lampes à l'huile jetaient des ombres suspectes sur les murs vert pâle. Trois sapins touffus et un banc à deux places servaient de décor. Dehors, le vent soufflait, complice de l'atmosphère triste. Tout à coup, Diane s'agita, frétilla sur son siège.

-Arrête! lui chuchota Angélique. Sois sérieuse. Il faut que tu aies l'air de pleurer. Envoye! Pleure. C'est tout!

-Mais j'veux aller faire pipi. répondit Diane, affolée.

-Non Diane, tu vas te retenir, compris?

Diane se fâcha, la poussa au bord du banc pendant la réplique suivante. Regardant la poupée de plâtre de sa mère, Angélique devait s'écrier:

-Ah! Mon Dieu, protégez ma petite soeur qui a faim et qui a froid. Ayez pitié. Emportez-la avec vous, ce soir, dans votre paradis.

-J'veux faire pipi, bon.

Diane poussa des coudes, et la tête décrochée de la poupée roula par terre et s'émietta. Le silence se fit, gêné.

Les parents, témoins, riraient à s'en tenir les côtes. Diane murmura, triomphante:

-C'est pus utile, Angélique. J'suis toute mouillée.

L'été suivant, ce fut l'affaire du vase de cristal. S'en servant comme appui-livres, le bel objet, qui était dans la famille de Diane depuis des générations, se retrouva en mille morceaux sur le plancher de bois franc. Oh, la, la! Elles s'enfuirent à l'orée du bois, pour toujours. À la brunante, elles se demandaient:

-Est-ce qu'on va leur manquer? I'vont-i' venir nous chercher? La police, tiens!

-Ben, y'a pas de police icitte.

-I'iront en bicycle à Four Corners.

-Es-tu folle? C'est à trente-cinq milles d'icitte.

Elles finirent par sortir du bois et reçurent une belle correction.

-Le cristal, c'est pas pour jouer avec, c'est pour regarder. Comme la lune, tiens.

-Oui, mais la lune, elle est trop haute. On la regarde, c'est tout ce qu'on peut faire. C'est comme Denis avec sa lampe de poche?

L'ancienne cuisine d'été est animée. Lucien a entraîné les hommes, même Claude, à jouer au poker.

-Le violon, la danse, c'est pas des désennuis d'hommes, ça les gars.

À la radio, Michel Normandin décrit patiemment une partie de hockey:

-*Maurice Richard s'élance, suivi d'Emile Bouchard, à la défense. Les voici sur la bande. Gordie s'approche, la rondelle se déplace, Gordie aussi. Gordie Howe lance et compte!*

-Goddam, crie Lucien. C'te maudit anglais-là, i'
pourrait-i' pas s'en retourner chez eux!

Deux minutes plus tard:

*-Doug Harvey contourne Kelly et s'approche du gardien
Sawschuck, trébuche, se relève, lance et compte! Le compte est maintenant Montréal 3, Détroit 2.*

-Youpie! s'écrie Simon. Pis c'é un anglais aussi, Doug
Harvey.

-Ben c'é pas pareil, riposte Lucien, offusqué.

Ils retournent aux cartes pendant l'intermission de "la
ligue du vieux poêle". Les commentateurs laissent aux
auditeurs l'illusion qu'ils sont dans une cuisine ancienne,
autour d'un poêle en fonte qui réchauffe la pièce.

-Une Molson, Simon?

-Heye! as-tu su ça, toi Lucien? questionne Claude. Ils
ont des radios à photo à Montréal, asteur. Ben oui, ça s'appelle une te... té...

-Une télévision, bon là, riposte Simon, content de son
savoir.

-Il paraît, poursuit Claude, qu'on voit le hockey en personne, pis des filles qui dansent les cuisses nues. Ça s'envoie les pattes en l'air comme dans les films qui viennent
de France.

Il sue abondamment et se frotte les mains d'un geste
nerveux.
-Es-tu fou, toi là, s'énerve Lucien. Moi, j'ai donc hâte
que ça arrive par icitte, cette invention-là. Tu vas voir que
les violoneux pis les cartes vont prendre une débarque. Ça
fait des centaines d'années qu'on se désennuie avec ça.

Samuel écoute, le visage fermé et les lèvres pincées.

-C'est ça, les jeunes. Lâchez tout aller. Empruntez de l'argent de la compagnie des finances, videz les caves, laissez pousser les mauvaises herbes, tuez tous les animaux, maudit! Démolissez toutes les maisons qui ont abrité vos jeunes années.

Il se lève et retourne dans la cuisine-salon. Les jeunes dans la vingtaine profitent du clair de lune et se promènent entre chez Nézime et chez Samuel. Nézime sommeille sur l'épaule de Maria qui serre sur sa poitrine affaissée le certificat du pape Pie XII. Les anciens soldats sont partis se changer dans leur petite maison, avec leur petite femme: enfin, leur petit bonheur.

Marianne s'inquiète de Valentin qui ne revient pas. Liliane est rentrée dans sa chambre. Clophas et Toinette discutent d'argent.

-Non, Clophas. J'ferai un grand jardin pareil. C'é pas à cause que t'as d'l'argent qu'i' faut s'énarver. J'veux qu'on garde des poules pis deux ou trois vaches pour nous autres. On va s'acheter une glacière électrique pis on fera geler, tu entends?

Clophas rage:

-Ben voyons, Toinette. C'est pas utile de faire tant d'ouvrage. J'ai tout c'qu'i' faut. C'é mon tour à faire le coq du village.

Il regarde Samuel qui rougit:

-J'suis pas instruit, mais j'ai du foin. Du pouvoir...

''C'est bien fini'', pense Samuel.

-Clophas, dit-il, tu as raison. L'argent, ça peut acheter bien des choses. Ça cache l'ignorance, ça n'a pas d'odeur. Tu peux prendre la place, allez! Je suis fatigué. Tu ouvriras ta cuisine d'été pour toutes les grandes veillées, les dîners de mariage, les fêtes d'anniversaire... Tu prêteras la chambre du fond aux morts qui ne sont plus gênés.

''Envoye Clophas, rage Samuel, prends ma place, crisse, et fichez-moi tous la paix''. Le roi déchu s'enfuit au deuxième étage. Dans le grenier, les sacs de jute sont vides, l'atelier, les outils, la varlope et le sciotte sont accrochés aux clous, sur la cloison grise. Samuel, comme dans une transe, se met à scier et à faire grincer la scie. Il est tout en sueur.

-J'ai encore mon métier de charpentier, maudit! Mais il ne reste plus rien à bâtir.

Il sort une bouteille jaune du tiroir d'un vieux lave-mains.

-Adrienne a dû oublier de la vendre, celle-là.

Il caresse le vieux bois et les résidus du savon de pays qui grisonnent.

-Bois, Samuel Ferguson. Ça soulage la fureur, la peur et l'ennui. Tu dormiras sur les sacs vides et tu rêveras à Liliane, blonde, fière, debout. Tu entendras des rires d'enfants, ceux de Marianne, et des jumelles qui sont exilées à Montréal, près du port. Tu riras aux propos de Clophas qui se lamente sur le prix du manger à cochon.

-Tu dors, Pépére? demande Angélique.

Elle regarde Samuel qui semble rire, les yeux mi-clos. Elle ramasse la bouteille vide, la jette par la fenêtre ouverte, du côté de la grange.

-Je t'aimais bien, Pépére. J'aimais tout le monde, puis là, je ne sais plus.

Elle se couche à côté de l'homme blond et s'endort paisiblement. Le soleil se couche furtivement parmi les branches de mélèze. Demain, c'est déjà dimanche. Il faudra retourner à Four Corners, à la compagnie de téléphone, à la chambre verte et jaune.

"Si Sophie pouvait avoir le temps de jaser un peu. Depuis qu'elle connaît ce garçon, elle ne veux plus me voir."

La lune se lève, argentée. Marianne découvre sa fille et son père allongés sur le plancher poussiéreux, la tête sur les anciens sacs à patates. À bout de force, elle s'enfuit de la maison. Elle pleure, elle crie, dans le silence de la nuit.

Angélique s'endort enfin. Les gens du Bois sont tous réunis sous des projecteurs brûlants, pleurant, riant, dansant leur vie. Valentin est au centre de la place, jouant de son violon... et ça tourne, ça pivote comme des girouettes... Le rêve, cette escapade gratuite dans les ténèbres d'un cerveau débordant d'images, de sensations subtiles...

Bobby Bujold

Sophie et Angélique sont assises dans le foyer éclairé de l'hospice St-François. Cette pièce longue et étroite ressemble à une salle d'attente d'hôpital. Les religieuses vêtues de noir semblent toujours moins fatiguées que celles vêtues de blanc.

"C'est comme une ruche d'abeilles, pense Angélique, étonnée. Des vieillards en pension... mais est-ce possible?"

Elle réfléchit en s'admirant dans le bout de ses souliers vernis (une aumône de la nièce à William). Tous ces vêtements neufs proviennent de cette fille du Bois qui vient d'épouser un avocat américain.

"Une chance qu'elle a du goût. Autrement, je n'aurais pas les moyens de lever le nez. Pépére Ferguson finira-t-il ses jours dans cette cage à vieillards? Ça, non! J'y verrai. Même les geais bleus sont libres de passer leur dernier hiver sous le ciel de la galerie ou dans l'épinette la plus touffue. Pourtant... il y a des gens âgés, ici, qui occupent des appartements coquets, et ce ne sont pas des anglais! Ils ont un salon, une cuisinette adjacente et une chambre de bain recouverte de céramique noire et blanche. Les autres, moins fortunés, qu'on a abandonnés, occupent les chambres blanches, couleur de cierge. Ça ressemble au couloir du ciel peut-être... une sorte de voie lactée... une galaxie de petits espaces rectangulaires. Le ciel est peut-être rose à l'intérieur. Ce serait une surprise pour ces anciens propriétaires qui attendent..."

Les plus fortunés?

-Ah ça, pas de problèmes, lui a expliqué Sophie, le regard haineux. Les religieuses en blanc leur apportent leur repas bien chaud dans leur cuisine chromée. Ils dégustent sur une table ronde, ma chère, au plateau en verre fumé. Ils ont des livres savants dans leur bibliothèque. As-tu vu les vieux ratatinés des chambres communes aller à la bibliothèque, hein? Ben ils savent même pas lire, ma fille. Madame Bujold, de la chambre 14, reçoit même du magasin des fleurs coupées en plein hiver. C'est-i' assez fort pour toi, ça Angélique?

Angélique, pensive, écoute, absorbe.

"Si j'avais le droit, j'irais les faire parler, les vieilles, anciennes mères de famille, toutes seules dans des chambres remplies à craquer. Sophie en a même dédain. Mais je ne peux pas la blâmer. Pourtant, par chez-nous, presque tout le monde sait lire. Que ça doit être ennuyant! Ne jamais savoir ce qui fut, ce qui sera. Je veux m'en aller."

Elle secoue ses pensées angoissées, observe son amie Sophie qui semble soucieuse depuis quelque temps. Si au moins elle pouvait se croiser les jambes un peu plus élégamment et arrêter de mâcher de la "gomme baloune", elle serait belle, presque aussi belle que la fille des Martin qui est mannequin chez Depuis-Frères.

Elle soupire profondément. Sophie, agacée, la secoue rudement.

-Écoute, Angélique.

Sa voix est pressante, froide, un peu enrouée.

-Je te défends de parler, tu comprends? Tais-toi, c'é toute. La famille de Bobby est en moyens, mais je le trouve bien à mon goût pareil... Tu m'entends?

Elle secoue son amie romantique qui rêve aux vieux pays et à Dieu sait quoi encore.

Sophie continue, les dents serrées, l'air mauvais.

-Si jamais tu ouvres la bouche, je t'aurai d'une façon ou d'une autre. Ton patron, à la compagnie de téléphone...

Angélique pâlit.

-Tu ne ferais pas ça, Sophie?

-Je suis prête à toute, tu m'entends?

-Ça va. Je ne dirai rien. Et puis ton Bobby, c'est probablement un gars qui connaît les filles et pas mal de choses. Il sort du grand monde, pas vrai? Un sophistiqué.

-Un quoi? interroge Sophie.

Angélique ne répond pas. À quoi bon. Que Sophie se débrouille avec ses amoureux, jeunes ou vieux.

-C'est pas ce que tu penses, Angélique. J'ai rien fait avec c'te gars-là. Je peux pas me l'offrir pour une soirée ou deux. Je le veux pour la vie. Il est pas mal niaiseux, à part de ça.

-Ça va, ça va. Je ne dirai rien. Et après tout, je n'ai pas ta conscience. C'est pas de mes affaires.

Sophie déteste son amie étrange, à cet instant, pour sa mollesse de caractère qui ressemble à de la nonchalance.

''Son vrai père, pense-t-elle. Si elle avait du caractère comme Marianne, sa mère, elle me tiendrait tête, je l'admirerais, mais je risque de perdre Bobby. Aussi bien garder mon calme.''

Angélique, ennuyée, regarde l'horloge grand-père qui semble endormir le temps.

''Si les aiguilles s'arrêtaient de tourner... ou plutôt, si elles tournaient à rebours, et le calendrier de même...

Peut-être bien que les vieillards qui se promènent en pyjamas trop longs, trop amples... peut-être redeviendraient-ils jeunes, beaux, plus indépendants, actifs. Une pouponnière à l'envers. Ça, j'aimerais. Même Walter ne saurait ni répondre à mes questions ni me rassurer.''

La vie fragile, en filigrane, se dessine, se faufile, peureuse, dans les rides des joues trop grasses ou trop maigres. Petites routes de vie, de regrets, de sourires...

Angélique sursaute au toucher de Sophie, lucide soudain, fixant la porte par où doit entrer son élu.

-Je n'ai pas le droit de faire ça, ou plutôt, devrais-je? C'est comme les feuilles de marguerite humides et fatiguées sous les doigts impatients. J't'aime... j't'aime pas...

''Mon Dieu! Le patron, et Sophie!''

Angélique avait oublié un message important pour la dame qui vivait tout près de la pension. Elle avait décidé d'aller le chercher. Ayant la clef, elle était entrée sans frapper. Ils étaient par terre, Sophie et l'homme mûr, grisonnant, presque nus. L'homme ne l'avait pas entendue entrer. Mais Sophie, toujours aux aguets, nerveuse et qui ne ressent rien, l'avait aperçue dans la demi-obscurité. Depuis, c'est le chantage, ce vilain malaise. Sophie prend des airs de grande dame offensée, lit des livres d'étiquette qu'Angélique collectionne. Elle dévore les rubriques de mode et le courrier de madame Germain dans le journal ''La Patrie''.

-C'est pas parce qu'on arrive d'un petit patelin, d'un rang sans nom précis, qu'on doit avoir l'air bête, pas vrai? Ah! ça, non!

Mais quel rattrapage l'attend. On prend des habitudes, des attitudes de maintien, et ça devient de plus en plus difficile de polir un miroir déjà terni.

-Qu'est-ce qui lui prend, aussi, de faire la snob, l'Angélique, hein? Elle partage bien volontiers l'argent que je récolte par mes activités nocturnes. Des scrupules, allez voir... Pouah!

Elles vont au Théâtre Bijou, sur la rue principale, tous les jeudis, et regardent, fascinées, les films en couleurs des années '50. Sophie déteste le music-hall, parce que tout est en langue anglaise.

-Vive les Westerns, disait-elle à Angélique. Toi, tu comprends l'anglais... chanceuse, va!

Elles se gavent de maïs soufflé, s'étouffent, se frappent entre les omoplates, reprennent leur souffle... Rougeaudes et soulagées, elles s'imaginent être les héroïnes des amoureux chantants qui s'égosillent sur l'écran métallique.

Le tic tac de l'horloge continue, masquant les doutes qui font surface dans la tête des deux jeunes filles qui attendent.

Claude lui demandait parfois:

-T'ennuies-tu de moi souvent, hein, Angélique?

Elle s'étonnait de cette question, et surtout de constater que la présence de son prétendant la laissait plus ou moins indifférente. Ils s'embrassaient quelquefois, au cinéma ou dans la ruelle tout près de la pension, mais Angélique demeurait plutôt sur ses gardes. Claude tremblait parfois.

-As-tu froid, Claude? demandait Angélique.

-Non, j'ai pas frette... maudit verrat, tu fais exprès, non? ou bien tu es une câline de niaiseuse? Pourtant, avec Walter, hein?

Angélique l'avait gifflé.

-Je n'ai rien fait de mal avec Walter, tu m'entends. Juste une illusion. C'était une sorte de cadenas sur mon adolescence, et je n'en ai pas honte... jaloux!

-Cadenas, mon oeil! marmottait Claude, exaspéré, qui ne comprenait rien au langage littéraire d'Angélique.

Il retournait au Bois Tranquille frustré.

"Encore une dépense pour rien. Mais j'y verrai. Je ne forcerai pas les choses. Elle n'est pas hypocrite, l'Angélique. C'est une qualité bien importante chez une femme", pensait-il, rassuré.

Les doutes reprenaient le dessus, le soir, dans sa chambre.

"Elle est peut-être frigide, comme la femme du marchand qui n'a pas d'enfants?"

Son père, Clophas, répétait toujours qu'une femme stérile n'a aucune faiblesse, du côté amoureux de la vie de ménage. Claude frissonnait en écoutant les exploits de son père, orgueilleux de ses six paternités, et six garçons en plus. S'il fallait qu'il épouse Angélique et qu'ils n'aient pas d'enfants!

J'pense plutôt qu'elle est toute neuve et qu'elle a peur. Tiens, c'est ça."

Rassuré, il s'endormait, s'éveillait tard le lendemain. La vie était belle quand même. En attendant, Toinette, sa mère, servait ses deux poltrons ainsi que Clophas, toujours aux abois.

Cet état de choses et ce manque de sensations énervaient Angélique. Pourtant, Claude n'était ni laid ni repoussant.

"Si seulement il laissait ses cheveux au naturel. Ah! cette crème qui se coagule sur les mèches ondulées."

Elle pensait à Sophie qui avait de l'expérience et qui, maintenant, avait un amoureux à plein temps.

"Peut-être ne suis-je pas normale?" s'interrogeait-elle souvent.

Sophie ne cessait pas de l'étonner. Elle ressemblait à une poupée grassette et brune, sans maquillage, sortant du bain, les cheveux enveloppés dans une serviette blanche et duveteuse. Un soupçon d'innocence semblait pénétrer sa bouche, ses yeux, sa peau devenue propre. Angélique, qui n'osait pas employer la douche malpropre, à la pension, partageait avec Sophie ce confort reposant. Elle s'y laissait glisser langoureusement et toute la fatigue et la tension de sa journée à répondre au téléphone s'envolaient.

Elles riaient, se bousculaient. La faim, parfois, les tiraillait. Elles attendaient d'un regard complice que les vieillards soient bien couchés et que les religieuses en blanc disparaissent vers la chapelle, pour les prières du soir; sur la pointe des pieds, s'éclairant d'une lampe de poche, elles entraient aux cuisines, ouvraient les deux réfrigérateurs et... merveille! Les yeux ébahis, elles se léchaient les lèvres de convoitise.

-Ah! mais regarde, ne cessait de s'étonner Sophie qui était habituée à partager sa maigre pitance à la maison paternelle.

-De la gelée aux fraises pis du citron, des pommes, des oranges, du fromage foncé, des raisins juteux!

Elles choisissaient ce qu'elles préféraient et, comme deux voleuses, elles retournaient furtivement à la chambre bleue de Sophie. Angélique se gavait elle aussi, mais soudain, elle avait des remords. Pourtant, la nourriture à la pension était plutôt minable. Sophie la rassurait, révoltée.

-Si tu voyais les steaks et les vols-au-vent qu'elles dévorent dans la belle salle à manger privée. (''elles'' désignait les religieuses qui géraient l'hospice). Je ne leur vole rien, certain! Moi, j'm'arrange, tu comprends? Je mange le profit qu'elles m'enlèvent sur mon chèque de paye. Dans la vie, ma fille, faut apprendre à prendre. Ça, c'é pas voler.

Ah! c'était affolant et agréable à la fois d'être l'amie d'une personne aussi débrouillarde. L'ambivalence des sentiments qu'elle inspirait laissait des doutes, mais que de compensations!

Assise bien droite sur ce banc de malheur, à côté de Sophie qui attend son Bobby, Angélique, pensive, regrette la spontanéité des premiers mois, spontanéité qu'elles partageaient avant cet incident impliquant Sophie et son patron. Ah! que la vie est compliquée en ville, et Sophie ne l'invite presque plus dans sa chambre.

-Téléphone, qu'elle lui dit.

-Oui, mais l'hospice est à deux pas, Sophie. Pourquoi?

-Ben, ma vie privée asteur, j'y tiens. J'ai un ami sérieux pis j'veux l'amadouer. Je t'avertis, tu vas te taire... Toi pis tes idées de pureté et de justice... Moi, je me débrouille depuis longtemps déjà. T'é folle, Angélique, ou ben t'é naïve, tiens.

Mais, qui est ce jeune homme mystérieux, cette perle rare qui est la cause de ce changement dans la vie de Sophie? Elle devient, en plus, menteuse et hypocrite.

-Tu sé, la vieille riche qui demeure au No. 14? Ben, c'é sa mémére, à Bobby. Elle est icitte parce qu'elle le veut bien, celle-là. Elle déteste sa bru, la mère de Bobby. Son fils est juge, ma chère... tu sé les gars en kimono noir qui portent des perruques de laine frisées?

Elles se mettent à rire. Sophie continue.

-Je l'ai accroché, la vieille, par des sourires et des compliments. Pis là, j'ai rencontré Bobby par hasard, un dimanche après-midi, à l'heure des visites. Il y a des limites à attendre que tombe la manne, non? Si tu voyais son appartement, à la vieille. On dirait qu'on marche sur le dos d'un gros mouton blanc, tellement le tapis est moelleux. Y'a des peintures ennuyantes qui pendent aux murs. Des vieilleries, que j'te dis.

-Oui, mais ça vaut cher, répond Angélique.

-Qu'importe le prix. J'haïs ça et la vieille aussi. Elle va me le payer un de ces jours, pour les services que je lui procure. Je lui apporte ses repas chauds trois fois par jour. Je lave ses bas de nylon et ses petites culottes beiges, je décrotte sa toilette... J'fais la fine, par exemple, depuis que j'ai rencontré son chou chou. Je lui apporte ses journaux, je frotte les miroirs et je lui dis tous les matins:

-Ah! mais si vous êtes belle, aujourd'hui, madame Bujold! Pis là, elle m'aime assez, hein! Elle est comme les hommes que je fréquentais. Il faut leur en faire accroire, ça paye.

Angélique n'ose pas se révolter, mais Sophie commence à lui faire peur. Un air de regret, qui l'adoucit un peu, passe soudain sur la figure de Sophie.

-J'aurais aimé que Bobby m'accompagne à la fête des Dugas, samedi. Juré, Angélique, mais la vieille mémére voulait le garder pour l'après-midi... Maudit verrat, j'ai tout manqué ça, moi. C'était beau, Angélique?

-Oui, répond-elle sans conviction, c'était bien beau, Sophie. C'était trop beau... avant.

Sophie s'impatiente. Elle se lève et arpente la pièce puis revient s'asseoir.

-Va-t-il finir par arriver?

Quelques gouttes de sueur perlent sur ses cheveux ondulés et noirs.

"Rien d'étonnant, pense Angélique, que Sophie ait les yeux et le coeur grands, soudainement. C'est plutôt rare, un garçon dont le père est juge à la Cour et dont la grand-mère est à l'aise, financièrement parlant. Ah! si je pouvais retourner chez nous. Tous les voisins s'aiment bien, se détestent parfois, mais s'entraident au moindre malheur. Ils finissent toujours par se raccommoder. Je suis donc tannée et j'ai peur de devenir calculatrice, comme Sophie. Il faudra que j'aime très fort, afin d'être capable de tricher ou de mentir."

L'image de Claude Hébert réapparaît dans ses pensées tourmentées.

"Et puis non... je ne mens pas à Claude; je ne l'aime pas assez et il le sait."

Le plancher qui craque la ramène à la réalité. Sophie s'exlame:

-Tiens, bonjour Bobby, mais si t'é en retard!

Levant les yeux, Angélique aperçoit un homme, et non un jeune garçon à peine sorti de l'adolescence. C'est un adonis au teint clair, en chair et en os, bien grand, droit, robuste, les épaules larges... Deux petites ailes de feutre sur sa manche de complet bleu semblent annoncer les grands espaces: l'Irlande, l'Ecosse, l'Allemagne... Si

Liliane Ferguson avait assisté à cette rencontre, elle aurait compris l'émoi de sa petite-fille. Angélique a les traits rayonnants et étonnés, tout comme ceux de Marianne par un après-midi de sciage de bois, au moulin de Valentin. Elle ne bouge pas. Le souffle coupé d'admiration, elle a comme envie de rire et de pleurer simultanément. Depuis sa dernière visite au Bois Tranquille, elle se sent prête à pleurnicher, le soir, avant de s'endormir et parfois à l'annonce d'une bonne nouvelle au téléphone. Ses nerfs se désintègrent à son insu.

Et tout à coup, cette vision inattendue... la commande par catalogue, les traits imaginés au creux de son oreiller. Ce sourire blanc et sincère, ces dents égales, des épaules larges, à protéger tout un Bois Tranquille des tempêtes et des bourrasques de mars. Des yeux bleus, comme ceux de Samuel: intelligents et rêveurs à la fois. Une bouche sensuelle, quoique plus épaisse et molle que la bouche intellectuelle de Walter. Figée sur son siège, comme par habitude, son esprit enregistre des sensations, capte des vibrations tantôt subtiles comme l'envol d'un oiseau-mouche, ou tenaces tel un orage d'éloizes et de gros vents. Des maux, des cris et des joies s'accumulent dans cet écrin à demi ouvert et nerveux. Cette mémoire agaçante, douce, ou répugnante...

Elle entrevoit dans les yeux bleus tous les voyages par-delà les mers, par-dessus les nuages. La chaude et lente Espagne, la France avec tous ses châteaux, ses bons vins, l'Allemagne qui lui a laissé certaines craintes, mais qui accueille si bien son frère Alexis... Elle ressent comme un mal de mer soudain, inattendu. Alexis le lui a décrit dans une lettre bleue, longtemps passé. Elle l'a compris et ressenti à sa manière... Une sorte de maternité prématurée, pressée... Des vagues qui courbent la descente des reins, qui soulèvent les jambes jusqu'à la

poitrine... Ah! le mal de mer! Alexis l'avait subi froidement, avec effroi, sans émotion. Mais un coup de foudre,
par un dimanche après-midi inquiet, c'était traître comme
une attaque de coeur, et aussi excitant que la mer en furie.

Elle décèle dans les mains raffinées et instruites de Bobby toutes les caresses imaginables. Ces mains, essuyant
doucement le contour de son visage, les larmes de déception... Elles essuieraient toutes les larmes cristallines de
tous les petits bébés qu'une femme peut désirer concevoir.
Elles cajoleraient artistiquement, comme Botticelli, les
traits de la femme qui attend encore, en bourgeon, son
corps et son coeur en chamaille. Elle a mal au coeur et ses
oreilles bourdonnent. Une éternité rose s'est déroulée; des
voyages rêvés sont devenus réalité; des baisers fous, des
rires de plaisir au milieu de la nuit se sont concrétisés entre
la main tendue d'Angélique et le sourire timide du
militaire en bleu.

Sophie n'a rien vu, rien compris. Elle dévore Bobby de
ses yeux pers. Enfin des yeux jeunes, vifs, brillants! Des
mains fines qui caressent presque timidement. Ce ne sont
pas les mains potelées et tachées de cigares du patron du
moulin, ou de celui d'Angélique. Ah! ça, non! Plus
jamais! Enfin une bouche qui ne sent plus la Listerine ou
les dents en or. Des lèvres fraîches qui goûtent les oranges
de Floride, les cantaloups ou les raisins verts qu'elle
recevait en étrennes au jour de l'an. Un corps musclé et
énergique, ça se devine déjà. Plus de ventre flasque ni de
cheveux minces éparpilés savamment sur un crâne dégarni,
mais une chevelure qui retombe, luisante et mouillée, sur
un cou déjà vieilli.

Plus de vaisselle à laver ni de bassine pleine d'urine à
jeter aux toilettes. Elle irait vivre partout où Bobby serait
cantonné. Ils voyagent, les militaires, elle le sait, et aux
frais du gouvernement. À Val Cartier ou en France, peu

importe! Elle serait loin du Nord-Est, loin des chemins boueux et des petits coins reculés qu'on appelle vulgairement les colonies.

-L'arrière-pays, disait le vicaire, fièrement.

-Ah! il était bien content, celui-là, disait Sophie. Les paroisses se multiplient depuis la guerre, et ça lui permet de monter en grade. Bientôt curé... Ça doit être de connivence avec le clergé et les gouvernements. Ériger des petits coins isolés dans des terres de roches, d'épinettes ou de bleuets. Et puis après, hein?... après que les épinettes sont toutes arrachées, que les bleuets sont tous vendus ou épuisés, il ne reste que les maigres potagers: on y crève presque.

Elle serait loin de son père, qu'on surnommait Tit-Oeil, et de sa mère hypocrite qui lui faisait parfois honte. Bobby serait le radeau de sauvetage, le tapis magique, le génie de la lampe...

Elle apprendrait à parler un bon français, comme Angélique et la mémère Bujold, ainsi que l'anglais. Elle leur en montrerait, aux cousines de la ville. Ah! ça, oui! Elle ne porterait plus les robes défraîchies qu'elles apportaient pour payer leurs deux semaines de vacances. Elle porterait des robes étroites, fendues sur les côtés, comme Marylin Monroe, et des souliers à plate-forme, en plastique transparent ou de couleur vive, des turbans sophistiqués et des pantalons étroits et moulants. En ville, les filles commencent à en porter, même à Four Corners. Elles portent même des shorts qui découvrent des cuisses rondes et bronzées, et des costumes de bain multicolores qu'il est interdit de porter, même à La Côte. Elle leur en montrerait, la fille à Tit-Oeil.

''Être appelée ainsi, ça fait mal, pense Sophie. C'était pire que d'être née à la crèche. Au moins, si ma mère m'avait abandonnée dans un endroit pareil, j'aurais pu être adoptée par des gens à l'aise, beaux et raffinés. J'aurais un père avec des yeux droits et tous les deux de la même couleur. À la crèche, ils prennent des renseignements, allez!''

Sa cousine stérile lui a expliqué qu'on ne prend pas n'importe qui. On a des comptes à rendre: Êtes-vous propres? Avez-vous des dettes? Y a-t-il des fous dans votre famille immédiate? Avez-vous une chambre de libre pour l'enfant?

''Ah! c'était plaisant pour le petit bébé rassuré. Il se choisissait un père aux yeux bleus, une mère pas trop grande ni trop petite, et de la même religion. Voir si un bébé peut distinguer!''

Elle rêvait en couleurs. À l'école du rang, elle tirait les cheveux des garçons de son âge: ils se fâchaient. Elle pleurait et criait très fort, en direction de la maîtresse.

-I' m'a pogné les fesses!

Les autorités faiblissaient, à chaque année, devant ce regard de chatte blessée, pudique, et fondaient en excuses.

-Ce n'est rien, petite. On te croit, voyons. Ne pleure plus.

On apprend vite le langage des yeux ou des hanches, un peu plus tard. Sa mère le lui avait appris petit à petit, sans dire un mot. L'enfant observait, grandissait et absorbait, surtout dans le silence des grands bois verts.

Elle rêvait de manger des fruits exotiques. Un article sur le Président des Etats-Unis l'avait intriguée. Monsieur mangeait des cantaloups pour déjeuner. Chez elle, les sept enfants mangeaient du gruau Quaker parfois tellement clair, que Tit-Oeil chialait.

-Pas encore de la sopane pour commencer la journée!

Les menus à la carte, elle en avait entendu parler à la radio: du potage aux poireaux, des entrées au homard, des escalopes de veau, des steaks au poivre...

-C'é du manger pour les Français d'France, avait expliqué sa mère. Ça mange pas des peanuts, ça c'é certain.

Sophie en voulait surtout à son père qui n'avait qu'un oeil bien droit. L'autre roulait parfois, comme une bille en plastique, dans son étui de chair rose. Sa mère passait son temps à aguicher les voisins. Discrètement, quand même. Mais les voisines se vengeaient aux dépends de la fillette.

-Heye! la p'tite guidoune... Baisse ta robe (elle était déjà trop courte) pis porte donc un jupon. (Elle en avait un pour aller à la messe)... Laisse mes enfants tranquille... J'avertirai le vicaire.

''Ah! je l'ai décroché, mon trophée, soupire Sophie, les yeux mi-clos. Comment résister à cet homme qui est beau, et en moyens par-dessus le marché? Il a les deux yeux plus droits que ma conscience. Je l'aurai, mon bungalow américain avec une cheminée, comme dans les magazines colorés, pis un manteau en rat musqué, comme la soeur du vicaire qui est mariée avec un notaire... ou bien un en mouton de Perse, comme la femme du marchand. J'irai dans les pays chauds l'hiver et j'arriverai presque aussi bronzée qu'Angélique l'été.''

Elle envie soudain son amie élancée, ses cheveux blonds cendrés, ses yeux en amande. Bobby regarde son amie Angélique de ses grands yeux inquisiteurs.

''C'é pas grave. Elle est différente, certain, mais pas aussi ragoûtante que moi. Les hommes semblent être attirés par la différence. On épouse la brune, on désire la blonde et patati patata... Mais moi, j'ai des rondeurs bien placées, comme ma mère. C'est pas en lisant Balzac qu'Angélique va gagner le coeur des hommes. Pourtant, Bobby est très instruit, il adore les grands livres, les mots en grandeur.''

-Heye! Angélique... es-tu là?

Angélique semble sortir de son voyage improvisé.

-Bonjour, mademoiselle Noël... Enchanté de faire votre connaissance. Si Sophie a pu me parler de vous, alors!

Ah! cette voix douce comme du sucre d'érable, forte et rassurante comme une maison ancienne.

-Bonjour, m... m... monsieur Bujold, balbutie Angélique.

Ses doigts effleurent ceux de l'étranger. Le Survenant..., le Don Juan..., Ulysse au bout de son voyage!

-Envoye donc, s'impatiente Sophie. Parle. Es-tu malade? T'as pas l'habitude d'être gênée d'même.

Sophie regarde Bobby qui a l'air embarrassé.

-Ben c'é-t-à cause de son cavalier. Il est jaloux, pis elle ose pas parler à personne, ironise Sophie.

-Excusez-moi, murmure Angélique, toute blême. Je dois rentrer. Mon père est malade et on peut m'appeler d'urgence... Au revoir.

Bobby s'incline et la regarde partir.

''Étrange personne'', pense-t-il intérieurement, intéressé.

Sophie s'empare de son bras droit.

-On va-t-i' souper au restaurant Chez Georgie? Je travaille pas, à soir... pis on dansera au son du jukebox. Ça va?

Bobby ne résiste pas.

-C'est bien, Sophie. Je te suis.

Sophie est agitée. Bobby l'invite à souper chez ses parents le dimanche suivant.

-Il faut que j'emmène Angélique, Claude pourrait l'accompagner. Moi, ça me gêne d'y aller seule.

La réalité l'exaspère. Que diront les haut placés de la banlieue en la voyant arriver au bras de l'héritier? Elle n'y avait pas pensé auparavant. Entre l'hospice et le restaurant chez Georgie, on oublie bien des détails importants. Mais le monde est grand et exigeant.

-Maudit! siffle-t-elle entre deux coups de brosse... Ils me prendront comme je suis! C'é toute!

Elle regarde le plafond blanc qui grisonne déjà. Ce n'est pas si joli qu'à l'hôtel North Shore où elle rencontrait parfois ses clients, mais enfin, elle est seule dans un lit frais, entourée de draps blancs empesés, invitant à la détente. Tout sent le frais. Se sentir libre, comme un îlot flottant à la brise... Une île inhabitée, tranquille, vierge...

''Et puis non, pense Sophie. Il me faut de l'espace, de la lumière artificielle, de la musique stridente, des repas copieux. La vie tranquille, c'est pour Angélique Noël.''

Elle regrette parfois son attitude froide et calculatrice. Son coeur se crispe d'inquiétude, mais jamais de remords.

Elle pense à la maison grise, à la limite du rang 3. Les chambres, au second, ne seraient sans doute jamais achevées. Les rangs étaient marqués au fer à cause des greniers de leurs maisons. Comme s'il n'y avait que des maisons toutes finies partout ailleurs. Ah! elle irait voir en ville, ça, oui! Cette pièce, chez elle, était divisée par des courtepointes ou des couvertures de flanelle, selon les caprices des saisons. Elles servaient à infuser un soupçon d'intimité entre les lits éparpillés çà et là. Étant l'aînée des filles, elle devait endurer l'odeur d'urine dans les matelas usés et changer les couches des deux derniers qui rechignaient souvent. En bas, dans leur chambre privée, porte fermée, Tit-Oeil et sa femme dormaient paisiblement. Être enfin libre et pouvoir respirer jusqu'à demain matin (ou samedi soir). Elle serait entourée de gens qu'elle croyait tous heureux, dans le lounge de l'hôtel North Shore. Elle n'avait pas le droit d'y entrer, étant mineure, mais quelqu'un réussirait à l'intégrer aux plus âgés.

Son père? Il était pourtant doux et patient. Trop, peut-être. Les individus qui ont des infirmités sont-ils nés dociles, gentils, afin qu'on oublie leur handicap? Il arrivait des chantiers, la veille de Noël, un sac de jute sur l'épaule. Elle ne croyait plus au Père Noël, après cette vision coutumière. À l'intérieur du grand sac gris, il y avait des oranges, des bonbons rayés, en forme de canne, qui goûtaient la cannelle, et des casse-tête, des cordes à sauter... Pendant quelques jours, Tit-Oeil apportait de la nouveauté dans la monotonie de la maison et de l'hiver. Il n'avait qu'un oeil droit, mais il était noir et brillant quand il attisait le feu dans le gros poêle en fonte. Ça pétillait en bas. Il faisait douillet au grenier, bien emmitouflée sous les couvertures rudes. La chaleur grimpait, s'infiltrait jusqu'aux poutres découvertes, comme une vigne ou le souffle chaud d'un géant, à travers la grille du plafond.

Sa mère oubliait parfois de fermer au cadenas la grosse valise bleue. Elle y collectionnait des mèches de cheveux châtains ou noirs, mais jamais blonds. Ça sentait le moisi, et puis non... pas tout à fait. C'était plus subtil pour les narines: une odeur de grenier. C'était entre la senteur des bas de laine mouillés et le gingembre en poudre. Il y en avait, des trésors cachés au fond de cette malle du passé.

Pêle-mêle, on trouvait éparpillés, la robe de mariée vert fougère, le chapeau en feutre brun qui ressemblait à un nid d'hirondelles... Il était beau, ce chapeau-là, mais démodé. Des photos jaunies, des cartes postales, des bulletins d'école de sa mère qui avait toujours de hautes notes de distinction... Que faisait-elle de son intelligence, sa mère, enfermée dans ce rang ennuyeux? Il y avait des photos des tantes des Etats, de Montréal ou de Timmins. Elles avaient des appareils Kodak, eux autres. C'était pas juste! Tous les sourires de vacances des enfants de Tit-Oeil se figeaient, s'ennuyaient dans des albums noirs, au Québec, ou de l'autre côté des frontières.

"Un jour, je quitterai cette maudite forêt qui n'a même pas de nom et qui sent la gomme de sapin. J'irai vivre en ville."

C'était un rêve qu'elle cajolait au creux de son oreiller fripé. L'hiver noir jetait sa furie blanche sur les chemins de traverse et des concessions. Parfois, ils étaient des semaines entières, isolés du reste de la péninsule, pendant que les charrues, à déblayer la neige, s'essoufflaient ailleurs... quelque part du côté des gens civilisés.

Une phrase d'Angélique lui matraque le cerveau.

-Pourquoi ne m'invites-tu pas chez vous, hein? Ce n'est pas plus loin que d'aller au Bois par autobus.

Sophie, embarrassée, ou plutôt agacée, répondait:

-Un jour... au printemps, tiens.

Le printemps passa, puis l'été.

-L'automne est à la porte et Bobby qui n'est pas encore à mes pieds... J't'aime-t'i' vraiment, Bobby?... ou est-ce la fuite de tout ce que je déteste, que je vois dans tes yeux presque turquoise, comme mon couvre-pied en chenille?

Quoi c'é que tu vas dire quand tu viendras chez nous? Ah! j'aimerais qu'on fiche le camp, la nuit, comme dans les films... Plus jamais personne ne me demanderait: "Et votre père, lui, que fait-il dans la vie?" C'est pas des affaires de personne, non!

La mémére Bujold essaie de lui arracher les vers du nez en l'interrogeant sur ses origines. Habituellement, elle change le ton de la conversation, l'air soucieux:

-Ah! si je suis bête! J'ai oublié de faire une commission en ville pour la Mère Supérieure. Il faut que j'aille au bureau de poste...

Si Angélique savait qu'elle est née dans un camp de bûcherons bien plus isolé dans la foêt que le rang 3, ou bien madame Bujold, la grand-mère de Bobby... Elle se remémore le va-et-vient des hommes, rudes de taille et de langage, qui logeaient dans ces rectangles de bois rond. Ses parents ont habité le bois jusqu'à son septième anniversaire. Tit-Oeil prenait soin des bâtiments et des chevaux. On l'appelait avec respect "monsieur le foreman et maréchalferrant". Illettré et borgne, il se sentait important devant tous ces hommes aux yeux droits. Il était leur chef et sa femme, Délima, cuisinait pour tous ces estomacs voraces. Ah! le bruit agaçant de toutes ces langues gourmandes lapant la soupe épaisse ou le fricot au poulet. Des blasphèmes et des histoires grossières sortaient de la bouche de ces colosses en captivité. Entre les bouchées de galette à la mélasse et les bols de thé chaud, les commentaires n'étaient pas des plus éduqués. Il y en avait des jeunes, aussi. Ce sont eux qui impressionnaient le plus la fillette. Leur dos était déjà voûté, leurs mains, galeuses, et leur visage, sculpté par le vent sec. Ils sentaient la gomme d'épinette et ils avaient cette allure ancienne, des gestes de leurs aînés. Les jeunes mariés se racontaient leurs prouesses amoureuses dans un coin de la salle commune, assis sur des boîtes d'oranges vides, avant d'aller se coucher.

Sophie écoutait, n'y comprenant rien, ou presque.

"Des hommes qui laissent leur femme là-bas au bord, derrière les hauts arbres épais! Elles devaient être trop laides, et ils les cachaient. C'était ça, être laide? Ah! les salauds! Les sans-coeur! C'est pas Tit-Oeil qui aurait caché ma mère. Elle était belle... mais belle!"

Les bûcherons n'osaient pas en parler ouvertement. Mais en courant d'une épinette à une autre, on en entend des bribes de conversation, des sous-entendus jamais écrits dans le dictionnaire.

Le soir, après le souper copieux, ils avaient tous l'air fatigués. Quelques-uns récitaient le rosaire afin de chasser les mauvaises pensées. La nuit sombre et silencieuse se glissait sur leur couchette, sur leur corps solitaire. Ils retournaient, rassasiés de nourriture, vers l'autre bâtisse longue et étroite. Ils rougissaient tous en souhaitant:

-Bonne nuit, Boss.

Tit-Oeil, lui, regardait sa femme, l'oeil attendri. Son père et sa mère... C'étaient peut-être Adam et Ève au paradis vert? Dans la pièce commune, divisée par un tissu bleu rayé blanc, Sophie écoutait Tit-Oeil qui disait:

-Pleure pas, ma femme. Encore une bonne saison de même, pis on va retourner au rang 3, pour de bon. Je monterai icitte tout seul. On trouvera un homme comme cuisinier. On va se loger près du magasin à Thaddée. J'sé bien que c'é dur de nourrir pis de décrotter tous ces écoeurants-là, mais j'me fie à toi... Tu m'aimes, hein?

-Ben oui, mon homme, soupirait-elle, fatiguée. J'veux rien qu'sortir du bois et retourner au bord. T'aurais pas pu rester dans l'armée aussi, pendant la guerre? T'aurais de l'aide, asteur.

-Pis mon oeil, hein? enchaînait son mari confus, gêné. I'voulaient pas que j'm'entraîne, que j'te dis.

-Ah! laisse faire. Moi j'veux que les enfants aillent à l'école. Je l'ai promis à ma mère, sur son lit de mort. Quand j'pense qu'elle ménageait afin de m'envoyer au couvent. Maudit... Mes soeurs qui s'promènent à Montréal et qui prennent des vacances à tous les deux étés... J'aimerais bien, aussi, avoir d'autres enfants. Deux, c'est pas assez.

-Pis toi, t'as préféré m'marier? ricanait Tit-Oeil, attendri.

Sa femme soupirait encore plus profondément.

''D'accord ou par dépit?'' se demandait encore Sophie.

Elle s'endormait au son du lit de plumes tout près, discret, mais qui laissait entendre un bruit léger, inégal, comme une lamentation douce dans le silence de la nuit.

Sophie ouvre les yeux, s'étire langoureusement et regarde par la fenêtre.

-Tiens, mais c'est l'autre bord de la Baie là-bas. La Baie d'Angélique. Enfin, chacun ses goûts. Moi, la mer, ça me laisse pas mal froide.

Par les matins clairs ou les soirées calmes, on distingue des lumières clignotantes, comme les étoiles électriques dans les arbres de Noël. C'est l'évasion, l'autre rive là-bas, si loin, si proche... Le Québec... Le monde entier semble se dessiner à l'horizon.

-Maudite Baie, si tu peux être large.

Four Corners n'est qu'un petit carreau dans la courtepointe de ses vastes projets de voyages. Ce n'est pas ce

106

qu'elle avait imaginé. La fumée du moulin à papier lui brûle les yeux... encore du bois... toujours du bois. Au moins, au Bois Tranquille, c'est plus dégagé, divisé par des champs vastes et des vergers de pommiers. La Côte n'est qu'à trois milles et le dimanche, les villageois s'en vont vers l'éclaircie. C'est tout blanc et bleu l'hiver, et couleur de fougère l'été. Les maisons sont coquettes, surtout celle de Samuel Ferguson. Chez Nézime aussi, chez Clophas, chez William... Tout est propre, gai... Angélique peut bien être fière de son patrimoine. Son grand-père a construit plusieurs maisons près du moulin Weaver et les gens le connaissent bien. Même Valentin était connu jusqu'à Four Corners! Dommage que Bobby soit né dans une famille aussi à l'aise. Suffisait-il qu'une personne ait un nom, une certaine position, pour se faire accepter dans la haute classe?

Elle rêve au Bois Tranquille, à la demeure modeste, mais tellement propre de Marianne. Elle est bien chanceuse, Angélique. La sortie se voit au bout du portage. Ils peuvent bien, eux, aimer leur Bois d'épinettes et de mélèzes. La mer luisante les invite dès le début de juin avec tous les vacanciers; ils dansent et fêtent.

Au rang 3, c'est vaseux et vert foncé partout. L'asphalte n'est pas encore rendue chez elle. Pas même un érable, l'automne, pour égayer le décor. La route, droite à n'en plus finir, rejoint la petite concession au grand village de Dugasville.

"Ah! oui, maman, ma vie sera plus belle que la tienne, certain. Je grimperai les échelles sociales, comme disent les haut placés. J'apprendrai à me faufiler. Les lièvres sauvages, qui changent de couleur selon les saisons, et les renards habiles me l'ont appris quand je vivais au camp. J'ai rien promis au bon Dieu pis toi maman, tu mourras pas asteur. T'as pas ménagé afin de m'envoyer au couvent. Tu gaspilles plus vite que la paye arrive. Je serai madame Bobby Bujold, la bru du juge. On ne pourra pas se douter que je suis née dans un camp, dans une forêt sombre parmi des hommes vulgaires. J'aurai ma place dans la sacrée société.''

Sophie, à moitié endormie, entend frapper à la porte.

-Qui c'est?

-Angélique, répond une voix étouffée.

-Entre, voyons.

Le sourire de Sophie s'éteint. Une moue ironique le remplace aussitôt. Elle se sent coincée entre cette amie instruite et bilingue, qui lit des romans savants, et le beau Bobby qui discute avec Angélique de sujets qu'elle-même ne connaît pas.

''L'alpinisme et les prouesses d'Hilary, les troubles au Maroc, la guerre des religions en Irlande... Maudit, rage-t-elle. J'vas lui dire ma façon de penser, à celle-là... et pis tout de suite.''

-Entre! crie-t-elle de son lit. Le sourire revient automatiquement. Angélique est pâle sous le hâle de fin septembre.

-As-tu des nouvelles? s'inquiète Sophie.

-Non, murmure Angélique. Je ne sais plus... je suis comme dans un tunnel tout noir. J'entend des bruits étranges, la nuit... mes oreilles bourdonnent.

Elle s'effondre, s'agrippant aux pieds de Sophie.

-Attention à mes bas d'nylon, voyons, s'impatiente Sophie qui déteste les faiblesses d'autrui.

Elle s'excuse de son ton bourru.

-Ben voyons, ma fille. Il faut te changer les idées. Tiens, tu viens souper chez Bobby dimanche avec Claude! Tu veux?... Bobby sera surpris de vous voir arriver.

Angélique voudrait protester. Ce n'est pas poli d'arriver comme cela, à l'improviste; mais à la pensée de revoir Bobby, elle oublie ses scrupules.

-Ah! oui, murmure-t-elle, essoufflée. Merci, Sophie. Il faut que je rentre. Madame Lebrun, la logeuse, s'inquiète si j'arrive en retard... Au revoir, Sophie.

-À dimanche, répond son amie, un sourire ironique aux lèvres.

La porte se referme. Sophie allume une cigarette.

''Pas de problème pour dimanche, ma fille. Angélique sera là afin de combler mon ignorance face à un milieu que je ne connais pas.''

Le dernier rendez-vous

Valentin attend. Il attend la mort, et Marianne, et les enfants qui tardent à rentrer. Attendre: litanie sans issue qui n'en finit plus. Depuis plus de deux semaines, Marianne disparaît à la brunante et ne revient que vers six heures, afin de mettre les enfants au lit. Les deux garçons, exténués par leur course en plein air, montent au grenier sans protester et s'endorment sans même se chamailler. Marianne ressent un malaise gênant sitôt la vaisselle rangée et le plancher balayé. Que dire? La conversation est devenue presque impossible: elle a peur d'offenser le silence de Valentin et essaie d'éviter le sujet. Le médecin lui a déclaré tranquillement, pesant bien ses mots:

-Écoutez Madame Noël, Valentin n'en a plus que pour quelques semaines. Alors, profitez du temps qu'il vous reste.

Marianne n'a rien dit à son mari qui sait déjà tout. Ils portent des loups de velours noir, semblables aux harlequins dans les festivals masqués.

Valentin observe tristement son visage distordu grotesquement sur la surface du poêle chromé qui reluit.

-J'attends quoi? La mort, crisse!

Il attend la fin de cette maudite incertitude lente et traître, cette comédie burlesque qui lui fait des clins d'oeil, qui le courtise impunément, sans gêne, comme les putains de trottoir. Elle est là, dans l'ombre ou en plein soleil, qui lui sourit dans toute sa pâleur.

Il se lève péniblement du fauteuil berçant et se surprend à frapper de ses deux poings maigres sur les murs de planches, il rue dessous les chaises fraîchement vernies.

"Marianne ne sera pas contente, constate l'homme épuisé, j'ai égratigné la surface polie."

Lui qui ne profère jamais de blasphèmes, se révolte verbalement. Tous les mots sacrilèges retenus dans son adolescence ou dans les jours d'épreuves sortent par sa gorge enrouée. Tous les objets sacrés de l'autel qui n'appartiennent qu'au langage des prêtres sortent de sa bouche épaisse. Il frappe et cogne, tel un enfant gâté à qui on refuse une friandise. Essoufflé et blême, il se laisse tomber dans le fauteuil berçant qui craque dans le silence soudain pernicieux de cette maison qu'il n'achèvera jamais. La lune éclaire son violon suspendu au mur derrière le poêle, éloigné du tuyau.

"À quoi penses-tu, toi, l'homme qui va mourir, qui sèche lentement? Ah! j'voudrais donc parler à Marianne, mettre de l'ordre dans mes affaires, maudit! Quelles affaires? J'suis ruiné ça fait longtemps. Ah! Marianne! Elle m'ignore; je l'évite. Elle m'oubliera plus vite. J'peux pas expliquer aux enfants qui font brûler des lampions en attendant un miracle. C'est pas juste, ça."

Il s'adresse à l'image du Sacré-Coeur qui saigne:

-Non, c'est pas juste de croire aux miracles. J'ai l'impression qu'i vont m'en vouloir, et à vous, aussi. Ça, c'est pire, parce que moi, j'suis pas immortel. Vous, vous régnez dans notre salon depuis qu'i' sont au monde. C'est pas juste! Marianne veut ben faire en les éloignant de moi, ou plutôt de l'ombre de l'homme que j'étais, mais ce silence imposé me dérange, me tue encore plus. J'ai pas mal à la tête, bon sens! J'ai mal nulle part. J'suis comme une feuille d'automne qui n'absorbe pus assez de chlorophylle: j'vas tomber doucement. Le docteur m'a rassuré sans sourciller.

-Tu partiras sans douleur, Valentin. Ton bon poumon fera des bulles de savon... N'aie pas peur, mon vieux.

-C'est pas l'temps de devenir poète, docteur. J'vas mourir, c'est toute. Fini.

Le discours du vieux médecin semble le poursuivre partout.

''Ah! si j'ai peur, docteur? Soudain, j'sens l'ennemi qui s'faufile comme une couleuvre géante. J'verrai jamais si les hommes atteindront l'espace infini des galaxies. Les humains deviendront-ils des mobiles minuscules accrochés aux planètes? Pouah! des histoires de scientifiques. Maudite marde! I'sont tous fous de toute manière. Tous ces p'tits détails que t'ignores quand t'es un homme en bonne santé: l'odeur du pain croustillant sortant du fourneau, la douuuceur farineuse d'une joue de bébé, l'odeur des fougères dans l'sous-bois près du ruisseau, le goût âcre d'la gomme de sapin, l'écho des aboiements de Fidèle, le goût enivrant des premiers homards ou d'la truite multicolore... Mourir à la guerre, ça doit être plus digne; au moins, on s'y attend, on est là pour ça: on joue au héros en mesurant son courage et sa peur. C'est l'jeu du hasard des généraux, c't'énorme échiquier qui déplace les p'tits soldats en chair et en os. I'vont-i' tomber icitte ou là, les bombes ou les obus? Pis moi, ma bulle de vie, quand est-ce qu'a va éclater, hein? Même si j'changeais de fauteuil, ou de paroisse, peut-être de pays, j'peux pas me sauver. Le hasard, c'est pas pour les mourants, certain!''

Thomas, chez Dugas, lui avait décrit cette sensation de suspense éprouvée durant la guerre.

-On attend, Valentin, pis en même temps, on n'a pas le temps de jongler. I' s'passe tellement d'choses à la fois: le tapage, la senteur de souffre et de chair grillée; une sorte de tableau flou et rougeâtre... pis après, on n'est pas mort, voisin! C'é comme faire l'amour à une femme, j'crois ben. C'est moins gênant d'te dire ça asteur que j'suis marié, tu comprends? C'est comme si tous tes membres s'lâchaient à aller tous ensemble comme l'élastique d'une fronde, tout d'un coup. C'est presque aussi bon, que... enfin... tu sais c'que j'veux t'expliquer, hein? Pis après, on attend encore que le silence s'en aille, que ça recommence.

Une ombre passe sur le visage aminci de Thomas.

-J'aimerais pas ça, moi, Valentin: mourir dans l'silence; ça serait trop effrayant... pour moi, en tous cas.

''Bizarre de réaction, réfléchit Valentin. Thomas a peur du silence parce qu'i en a trop vécu pis moi, j'ai envie d'musique, de rires d'enfants, des exclamations douces de Marianne parce que j'en ai pas eu assez. Les sensations de Thomas sont justifiées, mais i' va mourir dans l'calme plat. On a peur de souffler trop fort, d'éclater la bulle savonneuse.''

Il ferme les yeux et revoit Marianne éperdue d'amour, un jour de sciage de bois au moulin. Une sensation étrange et violente passait entre leurs corps et leurs yeux: un coup de foudre électrique, par un après-midi de chaleur douce. Au-dessus de la porte de son moulin, son gagne-pain, on pouvait lire en anglais: ''Noël and Brother Ltd.''

Il ressent un malaise indéfinissable, subtil. Les yeux, les bras, les lèvres de Marianne... il ne se souvient plus. Peut-être si... Une chaleur autour des reins, les jambes galbées de sa femme qui faisaient le noeud entre leurs corps et la noirceur de leur chambre. Marianne faisait l'amour les

yeux fermés, toujours. Est-ce que toutes les femmes fer-
ment les yeux, afin de garder cette pudeur qui remplace
leur virginité? Les filles des rues regardent-elles en pleine
figure les hommes qui se servent de leur corps usé? Ah!
c'était doux et propre, le contact physique de ces deux
êtres qui s'aimaient, se respectaient, surtout.

-As-tu été infidèle, Valentin?

Il sourit faiblement.

-Si aimer la beauté douce des femmes est un péché, eh!
ben oui, j'ai commis le péché d'adultère souvent. Toutes
ces chevilles agiles, ces robes qui virevoltaient sur d'la
crinoline blanche devant mon violon qui chantait... Dieu a
jamais été un homme, certain! J'veux dire un vrai, en corps
et en sang. C'est ben facile d'être un esprit. Ben moi,
j'étais rien qu'un homme bouillant, fougueux, toujours
prêt pour la reproduction.

Pis la femme à Ti-Pit, hein Valentin? Ah! j'l'aimais
bien. Elle était belle, mais d'une beauté sauvage, trop har-
die. J'regrette d'avoir été trop viril, à cette époque. Ti-Pit,
l'imbécile, me l'avait confiée. Je l'ai laissé tomber pis
William et les autres en ont profité. J'aurais pu aller la consoler, mais avec des mots, des attentions discrètes qui viennent du coeur. Pourquoi l'Créateur a-t-i' fait' les hommes
de même? Combien d'amitié, de communication profonde, d'échanges d'idées s'établissent jamais entre les
hommes et les femmes? L'attirance sexuelle prend l'dessus
un jour ou l'autre pis l'amitié se désintègre. On devient
possessif, égoïste. On dit ''au revoir'', le regard gêné, le
coeur endurci. As-tu été jaloux, Valentin? Pourtant, t'es
un homme si bon, si honnête (trop peut-être), si patient
pis compréhensif.

-Ben y a pas un homme normal qui peut s'vanter d'pas
être jaloux, surtout de sa femme, sa possession. Ah! ça,

oui!... Marianne, c'est à moi ou plutôt... c'était à moi, et pis j'sais pus trop ben. J'pense que c'est la jalousie qui m'tient encore en vie. William, pis ses cheveux frisés, son char bleu... ben là, i' est allé trop loin, par exemple! Marianne déteste la vulgarité. Elle est trop honnête pis fière pour s'enticher d'un homme marié. Corine qui redevient normale... elle a jamais été folle. Elle a peur de Marianne, c'é tout'. Elle se prépare à ma mort, elle aussi, la belle Corine. Qu'est-ce qu'i' vont dire, Philippe pis Samuel Junior? I'vont-i' m'oublier? Et pis si... j'existe presque pus.

Il frissonne dans la pénombre. Il a toujours aimé cette heure douce et primitive de fin de journée, cette couleur indéfinissable du soleil qui recule entre les épinettes, cette sensation de bien-être, d'être à l'abri, avant... bien avant. Et la nuit arrive, douce et écarlate, comme les cheveux de Marianne.

Fidèle jappe doucement. Même son chien a changé. Marianne s'en vient, la tête basse, les yeux sans expression.

-As-tu déjà vu mourir un homme, Valentin?

-Ben oui, voyons! Mon père, dans l'église blanche, un dimanche de soleil... J'avais douze ans, l'âge de Philippe. J'veux mourir tout seul, moi, sans témoin. J'veux pas qu'personne me tienne la main. Cette sensation bizarre, cette peau douce qui s'transforme en quelques heures, comme l'enveloppe d'un oeuf qui a pas de coquille. J'veux mourir icitte, tout seul, égoïstement, dans l'silence. Et pis non, verrat! J'vas essayer de jouer du violon. Ma main inutile à travailler va mourir en faisant d'la musique... en enfer, au paradis ou au purgatoire? Le purgatoire, c'était au temps des camps, dans les bois épais et frettes. Les bûcheux affamés me sacraient par la tête. Moi, Valentin Noël, ancien propriétaire d'un moulin qui faisait des affaires prospères, être réduit à cuisiner comme une femmelette... Y a pas de sot métier, qu'i' disent, les philosophes? Eh, ben oui. Ya des métiers sales, imbéciles, dégradants, tandis que d'autres, plus intelligents ou plus forts, te rient à la face. Clément... ah! mon maudit nigaud. Et pis non, t'es bien plus fin que tous nous autres. Si j't'en veux, en ce moment? Oui, crisse! Autrement, j'serais pas humain. Le moulin et tout le reste... J'te tuerais, des fois. Tu boiras à ma mort, demain. Tu bois pour la paix, la guerre, la peine, la joie. T'as décroché des médailles.

Valentin rit d'un rire métallique, sarcastique.

-Ah! le paradis! j'y suis déjà allé. En rêve pis en réalité. En rêve, c'était plutôt bizarre. Maman me racontait l'histoire de mes ancêtres à plumes, pis j'suis tombé endormi... Saint Pierre, ou p't'êt, Dieu lui-même, était v'nu nous chercher, ma mère, ma soeur qui vit aux États, papa pis moi. I'ont assis papa sur un tronc d'arbre en forme de trône; des feuilles écarlates entouraient sa tête. Les cousins métis, habillés de peau de chevreuil, dansaient, en mocassins, des gigues irlandaises. Et pépére Adam, le père écossais de maman, jouait de la cornemuse. Le paradis, c'était ça: le bois, le grand air, le cri des geais bleus, la nage nerveuse d'une truite grise... On a allumé un feu énorme pis mon père a disparu dans les flammes sans un cri, comme un brave. Quelques heures plus tard, on jetait ses cendres sur les champs de maïs. La récolte fut bonne, cette année-là. Ah! pouvoir habiter un pays ancien où j'pourrais disparaître en fumée pis r'vivre en poussière dans un vase de corail. Angélique y croit-elle encore, à ces histoires que Walter lui racontait pendant sa maladie? Croit-elle encore au soleil? Moi, j'crois qu'à ma peur, à soir. Si j'ai vécu le paradis? Ah! ça, oui! dans les bras de Marianne, ou quand j'ai senti l'pied gauche d'Angélique me frapper à travers les parois du ventre de sa mère, ou quand Samuel junior a commencé à marcher... l'avait déjà deux ans... Quand Alexis a fait sa communion solennelle... Pis Angélique, tout' habillée de blanc à sa confirmation... J'étais assis dans le dernier banc, en arrière de l'église. A m'a vu pis a m'a fait un p'tit signe de la main. Le paradis, c'était mon moulin qui sentait le bois mouillé, le vent de La Baie qui sentait le varech, c'était... c'était...

-L'enfer, Valentin? Y as-tu goûté quelques fois, dis?

-L'enfer, ah! ben ça, c'est grave! C'était peut-être le départ d'Alexis, le retour au Bois pour Marianne, la disparition des terres fertiles, l'abattage des arbres dont les grandes compagnies se gavent... Ah! l'enfer! C'est trop compliqué, trop difficile à expliquer. C'est peut-être pour ça qu'j'y crois pas tellement. C'est trop ultime, final. C'était peut-être l'extinction de mes ancêtres qu'on appelle encore des sauvages. Le paradis, eux, ils l'avaient entre les mains.

-Heye, t'en souviens-tu, Valentin, d'une nuit de folie au Château Frontenac? Les yeux des enfants s'écarquillaient quand tu leur racontais. Marianne te regardait comme si t'étais un étranger, une sorte de clown. Ce retour des chantiers dans l'Nord, d'l'autre côté de Chicoutimi... L'arrêt à Québec... le train qui n'peut pus repartir. La neige folle qui tourbillonnait. ''On s'en va au Château Frontenac'', que Nézime a dit. ''Heye! es-tu fou, toi là?'' qu'les autres ont crié. Des gars des concessions pis des colonies qu'étaient jamais allés à l'hôtel North Shore. Le Château Frontenac! Le palace des haut placés, des princes, des marchands retirés... J'revois encore les chandeliers qui brillaient comme un ciel à découvert. Les escaliers recouverts de tapis de Turquie. Le maître d'hôtel voulait nous sacrer dehors.

-Ben moi là, les enfants, j'ai sorti mon violon, pis Ti-Pit, qu'avait des mains d'pianiste, a dit aux noceux du Carnaval: "on va vous jouer d'la musique de par chez nous". Ti-Pit est juste monté une fois au chantier. Ça l'a conduit au sanatorium. Enfin, qu'importe... Tout à coup, j'vous conte pas de menteries, les gens s'levaient des tables bien garnies, s'approchaient d'la piste de danse. I' en oubliaient les coquilles Saint-Jacques, la soupe aux cuisses de grenouille, les pâtisseries suisses pis françaises. I'étaient là, en robes de toutes sortes de couleurs, ces femmes fardées pis ces hommes en habits noirs qui ressemblaient à des pingouins géants. Nous autres, dans nos makinas à carreaux pis nos bottines de dimanche, on était devenus des vedettes. Des photographes du journal *Le Soleil* qui couvraient les activités du Carnaval, nous demandaient: "D'où venez-vous? Que faites-vous dans la vie?" Si on en a conté, des menteries. Surtout Ti-Pit. I'disait qu'i' était un pianiste de New-York, qu'i' voyageait sous un faux nom. Comme on parlait tout' anglais, i'nous croyaient plus ou moins. Moi, j'ai dit la vérité: qu' j'étais un cuisinier dans les camps, que ma mère était un sauvagesse avec des yeux de turquoise pis que j'croyais au soleil. I'm'ont cru. Nézime leur a dit qu'i' était l'père de quatorze enfants (les trois autres étaient encore à faire), qu'i' était fort comme un ch'val pis qu'i' avait des grandes terres au Bois Tranquille. Là, i' nous ont jetés dehors: "Ça va faire, les gars. La musique est finie. Les grandes dames s'endorment et les monsieurs en noir sont fatigués". On a couché dans la gare sur nos sacs de guenilles. J'verrai pus Alexis, mon fils que j'ai même pas vu grandir, qui a poussé comme les derniers épis de blé au soleil. Pis un jour, il est parti en plein état de bourgeonnement, un adolescent déjà adulte, un habit couleur kaki sur l'dos. Ma bru attend peut-être mon petit-fils dans son ventre à soir. Enfin, ça viendra certain. Que l'globe terrestre a l'air grand, soudainement! J'en ai vu qu'une petite parcelle, grosse comme une allumette, sur la carte géographique: La Côte, le

Bois Tranquille, Les Falaises, Dolbeau, Québec... Ma pauvre Angélique qui a l'air toute désemparée pis fatiguée. L'jeune homme dont elle m'a fait tous les éloges, des arcs-en-ciel plein les yeux... ''C'est l'ami de Sophie'', qu'elle m'a dit bravement, la lèvre tremblante. Ah! grand Dieu, si elle va aimer, ma fille trop naïve, trop honnête. On t'a garoché la vie trop vite, comme un os qu'on jette au bout' de son bras. Fidèle a bien le choix, lui, d'l'ignorer mais toi, t'étais prise. Le devoir, honore tes parents... maudit! J'suis pas dupe, fifille. Ta job, tu l'aimes pas, ni Four Corners, je l'ai deviné, allez! Qu'est-ce que j'laisse à l'humanité, hein? À mes enfants? À Marianne? Pas une cenne noire. Tous ces rêves d'études envolés, tous les meubles en noyer, vendus...

Ses yeux tombent sur un exemplaire du *Sélection du Reader's Digest.*

-C'est bien Angélique, ça, d's'intéresser à cet homme des vieux pays. Un Anglais qui veut escalader la plus haute cime du monde. I' en faut du souffle, des poumons pleins de p'tites bulles; i' aura un titre, un jour: la réussite, la fortune peut-être, pis son nom dans les journaux pis dans le *National Geographic.* Moi, j'vas partir incognito, sans titre, sans tête d'affiche. Une bulle de savon, maudit! Cet homme-là dit qu'c'est dans l'épreuve que l'homme est le meilleur. Eh ben, j'lui dirais qu'i' en crève le plus souvent.

Valentin s'accroche au rêve d'Hilary afin d'oublier son attente prolongée.

-Quand même, ça doit être plaisant d'atteindre le faîte, de toucher les nuages. C'est un peu comme monter au ciel volontairement. Si tu y meurs, Hilary, tu s'ras presque rendu pis si tu redescends, ça t' donnera envie de vivre encore plus longtemps. I' doit y en avoir d'autres, de ces pics vierges et blancs, un peu partout sur la surface du globe. Bonne chance, mon vieux.

Une mouche téméraire se pose sur le rebord de la fenêtre, à côté du pot de géraniums. Il a presque envie de l'écraser avec l'endos du livre mou.

-Deux semaines de longévité, petite mouche. Commences-tu ta vie à soir ou ben est-ce que c'est déjà fini? C'est-i' possible qu'une petite bête comme toi ait une cervelle, un foie, des reins, un coeur?

Il bouge sa main. La mouche imprudente s'encolle sur le papier gommé qui pend du plafond, tout près du moustiquaire. Il s'assoupit; son souffle laisse entendre un sifflement semblable aux chants des cigales.

Marianne entre sans faire de bruit, suivie de Philippe et de Samuel Junior, soulagée d'avoir marché, d'être exténuée avant la tombée de la nuit.

-Attention, Philippe. Non, réveille pas ton père. I' est ben fatigué.

L'enfant obéissant monte l'escalier sans se retourner. Samuel, qui n'a que six ans, trépigne, les larmes aux yeux.

-Ben c'est pas vrai, répond l'enfant. Josephat à Dugas dit qu'i' est pas malade, qu'i' fait accroire.

Marianne ravale sa salive. Comment expliquer… comment dire?

-Écoute, Samuel, on va s'coucher dans l'grand lit, toi pis moi, ça va? J'vas te raconter l'histoire de Peau d'âne.

Elle caresse les cheveux de son dernier enfant qui s'endort d'un sommeil lourd, comme la nuit, derrière la porte…

-As-tu des regrets, Valentin?

Les pleurs de Samuel ont réveillé l'homme qui sommeillait.

-Y a-t-i' des choses qu't'aurais aimé m'dire, des niaiseries peut-être, rêvées au creux d'ton oreiller, des stupidités? Dis.

L'homme se parle. Il a rendez-vous avec lui-même. Il regarde une étoile, fixement.

-Ah! oui, y a d'ça quelques années, après la vente forcée de mon moulin, une gang d'artistes amateurs faisait l'tour des p'tites villes du Nord-Est, pis j'ai joué devant cinq cents personnes à Four Corners, sous une tente mal éclairée. L'agent aurait aimé que j'parte avec la troupe qui retournait aux États-Unis: ''T'as pas le droit de vivoter icitte, mon gars. Viens-t'en avec nous autres pis tu pourras faire monter ta famille dans une couple de mois parce qu'asteur, c'est la tournée jusqu'à la Nouvelle-Ecosse, mon cher. Heye! t'auras ton nom à l'endos des disques en celluloïd, pis les fermiers et leur femme s'réveilleront tôt le matin, le sourire aux lèvres. On pourra écouter tes gigues, de la Virginie de l'Ouest jusqu'aux Falaises, peut-être jusqu'à La Côte. Penses-y. J'te donne une semaine pour réfléchir. Cent piastres par semaine, c'est pas à jeter par les fenêtres, hein?'' Si j'regrette? Oui, maudit! J'en ai presque pleuré quand un gars des concessions a décroché le contrat. I' est parti pis i'a jamais revenu. I' doit être gêné d'être né en campagne. J'aurais jamais porté les bottes ni le chapeau stupide, mais j'aurais joué avec mon coeur, j'en suis certain.

Il soupire.

-J'aurais dû... j'aurais pu... j'ai pas su...

Conjugaison, des maillons d'une vie qui s'effrite... Une litanie de regrets, de gestes non posés, de faits non vécus. Le temps, c'est cette parcelle de vie entre la naissance, cette délivrance du placenta, et la mort au bout. Une sorte de store vénitien: des lattes qu'on entrouve ou qu'on referme d'un coup sec... L'obscurité en plein jour.

Valentin se regarde les mains, écartille ses doigts maigres.

-J'y pense, soudain. Mes mains... Toutes ces lettres que j'ai écrites, au camp, pour ces pauvres gars qui savaient ni lire ni écrire. Est-ce que j'ai ben fait, des fois, d'ajouter des belles phrases sans vouloir blesser les oreilles des plus âgés qui lisaient ces mots doux à leur mère? Un gars m'a dit une fois: "C'est d' l'amour refroidi que j'envoie dans mes lettres, Valentin. Ajoutes-y donc un peu d'réchauffé".

À celles qui pouvaient lire, Valentin ajoutait: "je t'aime, maigris pas trop des cuisses" ou bien: "j'ai hâte de te serrer sur mon makina". Il aurait voulu se faire chérubin, messager des mots tendres et voluptueux, mais il faut quand même être décent et respecter les sentiments. Des mains, quels outils complexes. On peut tuer, avec des mains.

Valentin parcourt des yeux la pièce qui sert à la fois de salon et de cuisine. Dans la maison paternelle adjacente au moulin, il y avait des meubles élégants, des draperies en tissu épais, des pleins jours de dentelle, des gravures fleuries, une reproduction de Ives et une lithographie de Rockwell. Marianne nageait en plein confort, rougissant de bonheur.

Une image du nouveau prince, pieds nus sur les genoux de la souveraine, attire son attention.

-Pourtant, ça fait un bout d'temps qu'Angélique l'a accrochée au mur: "Regarde, papa. Le p'tit prince, il est pas aussi riche que ça, hein? I' a même pas de bottines pis d'chaussettes, pareil comme les p'tits d'la femme à Tit-Pit." Comment expliquer qu'tous les êtres humains viennent au monde de la même manière: nus, en criant d'peur, d'une matrice rose, mais qu'un prince aux pieds nus c'est pas nécessairement un va-nu-pieds, comme Simon le quêteux... et qu'c'est plaisant de s'aérer les orteils quand on mange dans des assiettes où sont parsemées des fleurs dorées, en piquant sa purée de pommes de terre avec une fourchette en argent... pis qu'la chaleur est contrôlée à longueur d'année, dans toutes les pièces du château.

Angélique lui avait dit qu'il était menteur et que le prince n'était qu'un enfant comme les autres. Tous sont égaux; le catéchisme l'enseignait ainsi.

-Ah! ça oui! fifille, tous les hommes naissent égaux. Mais qu'les rois ou les pachas des déserts crèvent tous, ruinés, en chaise berçante, en faisant face à la lune, allez donc croire ça! La philosophie, c'était pour les gens qui avaient rien à faire ou ceux qui s'éteignaient lentement.

-As-tu déjà agi sans réfléchir, Valentin? As-tu fait des coups pendables, comme les vieux disent?

Un pli creuse son front blême. Il se souvient. Ah! que la mémoire est lucide et tenace quand c'est tout ce qu'il y a de tangible.

-Ah! oui, j'ai bien regretté après, mais avant l'regret, on a tellement ri, moi pis Ti-Pit. C'était avant le décès de papa. On était à la veillée du corps du bossu des Falaises. La fenêtre sans moustiquaire était ouverte, complice de la noirceur de la nuit. J'ai demandé à Ti-Pit de m'passer les ciseaux. Ti-Pit tremblait. L'essayait d'échapper à la peur ou à l'envie d'éternuer. Cric, crac; un cri effrayant, et pis le silence. Les cordes qui retenaient le corps du pauvre bossu en place éclatèrent. Le v'là qui tombe comme un boulet aux pieds de ma tante Gaby Adams qui somnolait. Pauvre tante! Elle est jamais retournée visiter les défunts, même pas son mari qui décéda quinze années plus tard. La veillée aux morts, cette masquarade qui rassemble la parentée, un prétexte pour brailler, prendre un verre de gin et s'bourrer l'estomac vers deux heures du matin. J'aimerais plutôt partir, disparaître comme une étoile filante qui s'désintègre dans l'atmosphère. Fini, Valentin. Dans quelques mois, on se souviendra pu de ton regard bleu turquoise ni de tes cheveux noirs et épais. Peut-être bien Marianne... Pis l'son de mon violon? Ah, ça, oui! j'y tiens! T'en souviens-tu d'la nuit du mardi gras au camp de Dolbeau? Pauvre Ti-Pit. Si j'm'en souviens! Les bûcherons ennuyés avaient décidé de s'déguiser à qui mieux mieux. Une trentaine de colosses, les plus larges d'épaules pis d'pointure de pieds, ont décidé de rester bûcheux, mais les plus fluets d'apparence, courts ou minces de taille, i' s'étaient déguisés en femmes. Ti-Pit était pas croyable avec son visage long pis pâle, ses yeux noirs à longs cils, pis ses cheveux frisés. I' ressemblait au pianiste Liszt dans l'encyclopédie chez Samuel. Tous les efforts se portèrent sur sa personne en l'habillant de chiffons à vaisselle et d'un chapeau de feutre vert qu'un jeune marié gardait sous son oreiller. Un autre, surnommé ''le courailleux'', avait rapporté de son dernier séjour en ville une paire de bas de soie, un jupon, des fichus, enfin, tous les vêtements de la pauvre femme que son mari avait trouvé sur son lit. Quelle nuit pour ce courailleux! Ti-Pit ressemblait à une jeune et jolie femme au teint mat et aux cheveux sombres dans la pénombre du camp en bois rond. V'là le patron qui arrive, comme par hasard. On dansait. Valentin était le roi de la fête. Il avait fait cuire la tire, les tartes enfin et la musique. La danse continuait, les bottines se butaient, les fronts s'éloignaient, et pis v'là le grand boss qui jette son dévolu sur Ti-Pit. Faut dire qu'il était déjà pas mal saoul à son arrivée. Le patron autoritaire perdit toute sa dignité au milieu de la fête quand il dégustait la tire dorée qui collait à ses moustaches. Ti-Pit se dandinait, lui faisait des clins d'oeil. Tout d'un coup, M. Smithy le serra très fort, essaya de l'embrasser, glissa sa main poilue dans son corsage et en retira deux pelotons de laine multicolore qui ont roulé par terre. Humilité, et croyant qu'les gars s'étaient payés une vraie femme, il est devenu dangeureusement rouge, projetant Ti-Pit comme une poupée de chiffon sur la bavette du poêle en fonte, au milieu de la pièce, assommé. Ah! grand Dieu, si on a ri! Ti-Pit, si tu pouvais être là, à soir, me semble que j'partirais moins seul.

Il a envie de pleurer comme un bébé, mais le ruisseau est tari, sans courant. Plus une goutte; une petite bulle suffira. Le caroussel s'affaiblit, mais la mémoire danse encore.

-Et à l'école, Valentin? T'en souviens-tu de la maîtresse au gros chignon? T'avais fabriqué une flèche et un arc miniatures, et te v'là visant une cible invisible au tableau. Mlle Lapointe se lève, s'approche; tu l'as pas vue à temps, ou as-tu fais exprès? La corde s'étire, s'étire et la flèche transperce le centre du chignon qui reste cloué au tableau. La pauvre Mlle Lapointe! T'ignorais qu'elle portait une perruque parce qu'elle avait attrapé la typhoïde dans son jeune temps. Te v'là expulsé de la classe pour une semaine: une bonne fessée de pépère Adams pis pus d'friandise pour les fêtes. I' faut apprendre à vivre, à travailler, à aimer, mais aussi à accepter de souffrir, de mourir à coups de souffle court: ça, c'est trop demander à un homme. J'suis pas assez vieux, maudit! Simon, i' a une pension d'invalide asteur, lui qu'a quêté toute sa vie, i' va vivre jusqu'à cent ans. Le marchand général, qui a les moyens d'élever une famille, i' a pas d'enfants. La vie, cette ironie, comédienne mal ajustée... Oh! mon Dieu! Je vous hais, tout d'un coup. I' sont bien portants, à cette minute, William, Nézime pis Clophas, en arrière de leurs rideaux tirés. Pis moi, un jeune vieux qui a une famille, j'vas partir en laissant rien que des problèmes à ceux que j'aime, God-dam! Marianne, pardonne-moi cet excès de colère à propos de cette damnée livre de thé. Tu parlais, ou tu rêvais, j'm'en souviens plus très bien, mais moi, j'voyais les petites feuilles noires, ma drogue, Marianne, qui tombaient comme une averse dans la théière. T'avais pourtant l'habitude de mesurer à la cuillère. J'me suis levé pis j't'ai secouée un peu trop fort. Je regrette, ma femme. Mais c'était pendant "la ration", pis moi, j'pensais rien qu'à ma soif.

Le visage de Valentin devient de plus en plus blanc. Un pli amer remplace le sourire qui s'éteint.

-Ah! Marianne, j'aurais pas dû te prendre aussi sauvagement, y a d'ça... Ah! j'me souviens plus. Le docteur me disait: "Fais pas d'effort, Valentin." J'lui avais crié par la tête que c'est pas dur de faire l'amour. Tu m'as repoussé, Marianne, pis je t'ai fait peur. Ce maudit fou de Clophas dit toujours qu'un homme devrait mourir en parfaite santé, en faisant l'amour. J'imagine le regard efrayé d'une femme qui subit cette fin dans l'ivresse. J'sais plus c'que j'dis, c'que j'fais. J'fais plus rien; j'me souviens, c'est toute. Clophas tu vas être soulagé de pus t'inquiéter de mon manque de "chrétienté", comme tu disais, parce que ça fait déjà sept ans, depuis mon accident, que j'évite les lieux saints. C'est pas de tes maudites affaires, voisin! J'ai assez souffert de cette défaillance, de cette faiblesse de femmelette. J'faisais accroire que j'croyais plus en Dieu; c'est rien que ça Clophas. Marianne, pardonne-moi. T'étais parfois la "veuve du dimanche". Clophas disait aux enfants que j'étais un communiste sans religion. J'ai pas pu accumuler beaucoup de péchés. J'étais pas capable d'aller me défouler au confessional. J'étouffe, là-dedans. La faiblesse de ta chair, Clophas, qu'osse que t'en fais, hein? On sait ben, tu vas à l'église et tu reviens blanc, sous ta peau de sauvage. Ah! oui, j'sais que t'es un descendant de métis, pareil comme moi pis une foule de gens par icitte. Walter fouillait notre passé jusqu'à nos origines. Tu savais pas, hein? Le secrétaire de l'évêque est venu me voir la semaine passée. I' a stationné sa voiture dans l'chemin qui mène à la rivière. Tu l'as pas vu, Clophas? Tant mieux! J'ai tout dit c'que j'avais à dire, pis plusse! Essaie donc d'être chrétien avant d'être si bon catholique pis laisse mes enfants tranquille. C'est vrai que j'ai raconté à Angélique que j' croyais un peu au soleil. Pis après? Mes ancêtres, ou plutôt nos ancêtres, savaient pas ce qu'on nous a appris, mais i' ressentaient le froid et aussi la chaleur caressante, le blé d'Inde qui sortait, fier, au mois d'août, le vent d'automne qui séchait le poisson salé et la pluie qui inondait les feux de forêts. T'es encore plus sauvage que le dernier des mohicans, maudit.

Valentin s'essuie le front et regarde la photo de sa fille qui lui sourit.

-Angélique, si tu pouvais retomber sur la terre et regarder les gens et les choses comme i' sont. On peut se tromper, fifille, mais c'est la vie, ça. Ça recommence, on se sent mieux pis vidé: on chante et on pleure. S'il te plaît, sois plus indulgente envers toi-même et moins sensible à l'opinion des autres. T'es bien la fille à ton père, allez! Tu t'écroules aussitôt qu'le soleil se cache... Liliane Ferguson née Doran, j'men vas. Vous serez peut-être débarrassés, mais Marianne m'aimait; oubliez-le jamais.

La poitrine de Valentin se gonfle et il respire à petites doses, le souffle entrecoupé: un fil qui va casser.

La porte de la cuisine d'été chez William s'éclaire. Son voisin et rival va jeter un dernier regard aux bâtiments avant de réintégrer le lit de Corine.

-William, j'peux pas trop t'en vouloir. Tu m'as donné du fil à retordre par boutte, mais à la fin, c'est toujours toi qui me sors du trou. Là, tu vas m'aider à m'enterrer. C'é toi qui va payer mon cercueil. Mais laisse Marianne tranquille, Chrisse!

Valentin grimace, porte sa main droite à sa poitrine. Il ressent un froid subit, comme les vents qui tournoyaient autour des fenêtres de la maison aux Falaises, dos à la Baie. Un courant d'air chaud fait place à cette fraîcheur douce. Marianne et les enfants sont à ses pieds, il en est sûr et certain; un chalumeau à chaque main reflète une buée multicolore, semblable aux arcs-en-ciel du mois de juillet. La bulle savonneuse se gonfle, éclate, se désintègre dans la cuisine-salon...

Cinq heures du matin. Le coq, chez Clophas, s'égosille déjà. Marianne s'éveille en sursaut.

-Où est Valentin?

Le lit étroit qu'il occupe depuis quelque temps dans la petite pièce qui était autrefois une dépense est vide. Elle se lève et enfile sa robe de chambre usée.

Valentin est encore assis dans la berçante, les yeux dans le vide, face au soleil qui se lève, craintif. Les doigts de sa main droite tiennent l'archet, tandis que ceux de sa main gauche s'entrelacent aux cordes de son violon. Le prince métis, le roi de l'archet, le magicien des tisanes sauvages et des fosses à truites n'est plus.

La réception chez le juge Bujold

Madame Bujold joue son rôle d'hôtesse avec une certaine réticence. Un malaise grandissant flotte dans la maison depuis l'arrivée de Sophie, accompagnée de Claude Hébert et d'Angélique. La salle à manger, d'une élégance discrète, est fort appréciée par les yeux ravis d'Angélique.

''C'est un peu comme chez pépére Ferguson, avant la chute de Mamie et l'arrivée de Lucien et de sa femme Anna.

Elle se souvient aussi, avec un pincement au coeur, de la maison à six chambres, ses lucarnes pleines de secrets et le moulin, tout à côté, qui chantait tôt le matin. Elle ravale sa salive et ses yeux font le tour de la pièce. La table en noyer est recouverte d'une nappe en dentelle écrue. Les serviettes de toile empesées, couleur champagne, sont brodées d'un fil brun et font contraste avec le service beige et orange. Elles sont disposées en forme d'éventail dans des verres de cristal de Tchécoslovaquie. Sophie semble perdue. Elle déteste tout ce faste inhabituel.

''Pourquoi toutes ces fourchettes, tant de cuillères et de couteaux différents, bon sens? Ça serait pourtant les manières que je devrai apprendre si j'entrais dans le clan des haut placés, pense-t-elle, confuse.''

Un regard froid de madame Bujold l'incite à se révolter.

''Eh! ben! la vieille snob! J'y suis, j'y reste. Me voici dans le grand luxe, asteur. Tout s'apprend, ma fille, me disait ma mère. Ah! ça, oui.

Le souper est un cauchemar pour Sophie et un délice pour Angélique qui se laisse servir par la bonne, une dame dans la quarantaine, au sourire narquois. Au moment de goûter au potage aux champignons, Sophie s'écrie:

-Mais c'est pas bon…, ça goûte l'eau du printemps…

Sa boucle d'oreille trop lourde tombe dans sa tasse de café et chaque fois qu'elle la porte à ses lèvres, un bruit insolite l'agite.

''S'il fallait que je l'avale, pense-t-elle, paniquée.''

Angélique et les autres bavardent, rient, pendant que son estomac a le mal de mer et que sa boucle d'oreille achetée au 5-10-15, déteint dans son café déjà froid. Une sorte de bataille entre ses pensées confuses et les nombreux ustensiles réussit à lui donner un air plutôt vague et effronté.

-Angélique Noël, ne cesse de répéter Mme Bujold. Mais si, j'ai entendu parler de votre grand-père Ferguson… et votre mère était une compagne de couvent. Dommage qu'elle n'y soit pas demeurée longtemps. Une histoire d'amour, qu'on m'a dit par la suite. Elle était belle… surtout ses cheveux roux… Et votre grand-mère, Liliane Doran, ma mère la connaissait. C'étaient des gens très bien, très à l'aise. Ah! ça, oui! L'entrepôt de poisson, l'usine à homard, leurs parts dans la carrière…

Angélique ravale sa salive. Ses oreilles bourdonnent et ses mains, devenues moites, tremblent légèrement.

Faut-il avouer la ruine des Doran, la chute de Liliane et tout ce qui s'ensuit: la perte du moulin de son père, la maladie qui tisse sa toile?

-Et votre père, Angélique? attaque Mme Bujold, l'oeil curieux.

Le juge Bujold, qui se souvient de Valentin Noël et sur-tout de son frère Clément, ayant signé les papiers de vente, vient à la rescousse d'Angélique qu'il trouve bien pâle et distraite.

Il regarde sa femme, l'air impatient.

-Écoute, Sylvia... voudrais-tu m'apporter un autre verre de vermouth, s'il te plaît?

Mme Bujold, interloquée, abandonne son enquête et disparaît dans la cuisine.

-Merci, monsieur Bujold, murmure Angélique, recon-naissante. C'est une bien longue histoire.

Il lui tape amicalement l'épaule.

-C'est très bien, ma fille. L'estime que je porte à votre père et à votre grand-père n'en est point diminuée, allez.

Angélique ferme les yeux. Elle pense à Valentin qui a quitté la danse après n'avoir exécuté que deux gigues, à la fête des Dugas. Jamais, non jamais un joueur de violon qui se respecte n'agit d'une manière aussi brusque. À moins que... à moins qu'il ne démissionne, qu'il n'abdique. Elle entend en imagination le bruit inégal de ses pieds déçus qui essayaient, mais en vain, de suivre le tempo du violon de Josephat chez Dugas. Elle revoit son visage pâle et amaigri, immobile comme dans les musées de cire. Son père est immortalisé dans sa mémoire, même s'il devait mourir demain. Elle frissonne, regarde Bobby, qui regarde Sophie qui a encore oublié de porter un jupon sous sa robe trop transparente. Appuyée nonchalamment sur la cham-branle de la porte vitrée, elle regarde insolemment le juge droit dans les yeux, sans broncher. Ses formes rondes et solides, semblables à celles de Toinette, se dessinent en ombres chinoises à travers le voile noir de sa robe. Le soleil joue à cache-cache dans le noir jais de ses cheveux ondulés. Bobby s'essuie le front furtivement, jetant un regard du côté de sa mère qui a une envie féroce de mettre Sophie à la porte.

Le fauteuil moelleux, aux lignes danoises, invite au repos. Angélique s'y plonge langoureusement. Les traits de Bobby se transforment. Il s'approche d'elle, scrute son visage oval, admire ses cils noirs et ses cheveux cendrés, relevés en chignon. Entre une Sophie voluptueuse, insouciante et impatiente, et une Angélique plutôt angulaire, stable, d'une beauté sans artifices, il se sent traqué. Comme tous les caractères faibles, il n'essaie même pas d'analyser ses sentiments.

"Enfin... il faut que j'me décide, bon Dieu!"

Angélique entrouve ses paupières et rencontre les yeux de Bobby qui la scrutent, qui questionnent. Pouvoir parler, tout lui avouer et surtout le prévenir... Mais Sophie n'est-elle pas l'amie de tous les jours, depuis son arrivée à Four Corners? C'est le refuge contre l'ennui, l'eau chaude qui coule à flots dans la baignoire profonde, à l'hospice, le bain douillet... les goûters gratuits dans la cuisine des soeurs, le soir, avant de rentrer à la pension.

"Et puis non... Bobby devra deviner, lire dans le jeu de Sophie. Ce n'est pas moi qui vais faire ce sale travail."

Des pensées confuses embrument ses idées et surtout sa conscience.

"Ah! que ce serait simple... n'avoir aucune conscience! Et pourtant, Sophie est catholique. Oublie-t-elle d'être chrétienne?..."

Se glisser entre les bras musclés de Bobby... juste une seconde de solidité dans son univers qui s'écroule, de gens qui trichent, qui changent. Pouvoir embrasser les lèvres épaisses, au goût de framboises, elle en est certaine...

Passer ses mains dans les cheveux naturellement ondulés, des cheveux doux, sans crème gluante. Pouvoir nicher sa tête sur sa poitrine large... Bobby lui murmurerait des choses apaisantes, lui parlerait des vieux pays, comme Walter, longtemps passé, et ses oreilles arrêteraient de bourdonner comme un nid d'abeilles qu'on dérange. L'imagination fertile d'Angélique s'évade, se réchauffe. Et puis un samedi matin, elle traverserait la grande allée dans l'église de La Côte, au bras de Samuel Ferguson. Son père, qui ne peut fréquenter les lieux saints à cause d'un malaise tenace qui lui serre les côtes et qui creuse un fossé dans sa gorge, asséchant son larynx, attendrait patiemment derrière le portique du milieu, ces grandes portes réservées aux haut placés, mais dignes d'une putain, le jour de son mariage.

Bobby, vêtu de son uniforme bleu sarcelle, l'attendrait à genoux, tremblant, inquiet. Le grand Gérard chanterait l'Ave Maria de Shubert, exécuterait à l'orgue la marche de Mendelssohn. La larme à l'oeil, de joie ou par rancune, les paroissiens seraient tous assemblés afin de les féliciter...

La chatte siamoise, nerveuse de ce silence, soudain saute sur ses genoux. Deux yeux bleus étranges et mystérieux la regardent. Elle vient peut-être de Chine, réincarnée? Une ancienne princesse à qui l'on avait coincé les pieds?

Bobby n'est plus dans le salon. Madame Bujold se refait une beauté dans la chambre de bain beige. La servante s'affaire dans la salle à manger.

-Mais où est Claude?, s'inquiète Angélique.

Claude, qui ne passe jamais inaperçu, ne se sent pas du tout à l'aise. A-t-on idée de boire de la bière dans des verres pointus. Le cigare que le juge Bujold lui a offert avant le vermouth lui donne des nausées. Les cigarettes américaines, ça va, mais cette charbonnerie de La Havane! Il n'a aucune idée précise, ni même floue, de la situation politique du Dominion, et encore moins de la province soi-disant bilingue. Les revues "sexées", achetées en cachette, et les bandes dessinées lui servaient de nourriture intellectuelle. Le voici qui ose tremper un doigt de dame dans son café. Il s'étouffe, le coeur dans la bile; il n'a que le temps de se rendre aux toilettes.

Angélique a envie de fuir. Ne pouvait-on inclure un courrier d'étiquette pour les hommes dans le Bulletin des Agriculteurs? Pourquoi Claude ne lit-il pas l'Almanach du peuple? Au moins, il pourrait formuler une opinion sur les prévisions atmosphériques!

Sophie a trop bu de vin blanc et de vin rouge; elle ne refuse pas non plus le gin-tonic que lui verse le juge Bujold qui semble s'amuser ferme en sa compagnie.

"Si tout cela peut finir", souhaite madame Bujold.

La servante, un sourire mécanique sur les lèvres, regarde Angélique froidement.

-Ah! ma p'tite snob, se murmure-t-elle. C'est peut-être toi qui sera bientôt assise à la place de la patronne.

Elle sympathise de voir Sophie qui essaie de jouer un rôle qu'elle ne peut pas remplir.

"Enfin, c'est terminé, songe Angélique, exténuée. Je veux m'en aller."

Elle n'avait jamais remarqué le manque d'élégance dans les faits et gestes de Claude. On mange bien, chez Clophas, il faut le dire. La maison dégage une certaine aisance, mais Toinette n'est pas née de la haute société. La propreté, c'est son moto.

Chez Valentin, c'est quand même une tradition, les bonnes manières à table, le bon parler et les vêtements bien assortis. Marianne n'oublie jamais l'ancienne aisance de ses parents et de la maison du moulin.

Pendant que Claude respire l'air du jardin, le juge s'entretient avec Sophie. Il aime bien admirer ses chevilles un peu épaisses, son corsage qui veut éclater sous sa poitrine généreuse. Mais de là à l'avoir pour bru... Bobby peut bien s'amuser un peu. La jeunesse d'un homme, ça passe tellement vite. Après, c'est la respectabilité, le jeu de cache-cache, la messe le dimanche, accompagné de l'épouse qu'on croit docile, vêtue d'un manteau de rat musqué. C'est la routine, au bureau ou à la Cour, vêtu de la toge noire et disgracieuse (le juge est déjà atteint d'embonpoint) et de cette stupide perruque. Écouter les platitudes des accusés et des plaignants...

''Ah! si c'était à recommencer, je ne serais qu'un respectable avocat. Juger, grand Dieu que c'est ironique parfois. Je ne suis ni Dieu ni Saint-Pierre! L'erreur est humaine, à ce que l'on dit. Je peux faire erreur sur un jugement, être trop indulgent ou trop sévère.''

Il s'éponge le front et rigole avec Sophie qui a les yeux brillants et le visage animé. Il oublie momentanément la cause qu'il doit entendre le lendemain. Une histoire de meurtre ou d'homicide involontaire... Comme si on était involontaire quand on tue!

-Sacré Bobby, va, soupire l'homme déjà usé. Il regarde sa femme Sylvia qui est encore très belle à l'approche de la quarantaine. Ses cheveux épais sont relevés en ruche d'abeille sur sa tête d'aristocrate.

''Attends-tu que je crève, que j'abdique enfin? Ah! bien non, ma femme. Je n'ai plus besoin de ton affection calculée ni de tes sourires mielleux, quand tu désires une robe neuve. Je m'en fiche.''

Il oublie les vingt dernières années qu'elle a passées à recevoir des politiciens parfois encombrants ou des avocats déjà arrivés au sommet. Les petites réceptions, au début, où elle devait employer toute son ingéniosité d'hôtesse et de cuisinière en même temps. Il oublie les trois fausses couches qu'il qualifie d'accidents dûs à sa faible constitution de femme choyée.

-Tu peux conduire tes enfants, mais moi, je suis mon propre patron, ironiquement parlant, mon propre juge!

Une mouche indiscrète tourbillonne autour des verres vides pendant qu'il s'assoupit dans un fauteuil en osier.

Sophie se lève, dégoûtée de l'aspect de cet homme qui dort la bouche ouverte. Il ressemble trop aux monsieurs bien habillés qui sollicitaient ses faveurs, avant qu'elle ne rencontre Bobby. Elle se lève et disparaît par la porte de la cuisine.

‘‘Les cuisines des gens à l'aise ont l'apparence tragique de toutes les cuisines'', pense-t-elle, écoeurée.

Des poêlons graisseux qui ont collé au fond trônent sur le comptoir. Une odeur de lait brûlé et de pelure d'oignon flotte au-dessus de l'évier. Une assiette débordant des restes du souper attend le chien qui a son pedigree.

‘‘Les chiens bâtards se contentent d'os de poisson, par chez nous, pense-t-elle, dégoûtée. Ici, c'est du bifteck, ma chère!''

Par curiosité, elle fouille dans les placards et les cabinets blancs.

‘‘Bobby mange-t-il des sandwichs au beurre d'arachide, parfois? Boit-il sa bière à même la bouteille? Aime-t-il le pâté chinois avec du ketchup? A-t-il déjà eu envie de manger des raisins verts en plein milieu du mois de février?

N'a-t-il jamais désiré plus que tout au monde une paire de patins?''

Elle n'oubliera jamais cette injustice. Son oncle, surnommé le ''vieux garçon'', lui en avait fait cadeau, en revenant de la Côte-Nord, en passant par Montréal. Chez Dupuis-Frères, on étalait la marque sur le sac en papier glacé. Ils étaient ornés de marabout blanc.

Elle entend encore sa mère qui essaie de la raisonner.

-Voyons, fifille. Ton grand frère a besoin de bottes en caoutchouc, pis il peut attraper une inflammation de la vessie.

Elle avait baissé le ton en prononçant cette dernière explication. Il ne fallait surtout pas que les voisins s'imaginent des choses... comme une maladie honteuse! Son fils aîné, Charles, qui était beau et musclé, tout le contraire de son père Tit-Oeil, faisait la pluie et le beau temps dans les veillées, et les filles de l'école du rang 3 se battaient afin d'attirer son attention.

-Il a besoin d'une paire de bottes neuves, j'te dis. C'é toute, compris?

La voix de sa mère était sèche et menaçante.

Sophie avait pleuré une bonne partie de la nuit, enfouie sous l'escalier, là où il n'y avait personne, pas même une souris. L'odeur de terre humide qui montait du caveau laissait un parfum âcre, mais combien plus subtil que l'urine dans les paillasses, au grenier. Elle qui rêvait de réussir des pirouettes sur une jambe, comme son idole Barbara Ann Scott... L'autre tournerait comme la girouette au mât de l'école.

Le dimanche suivant, elle observait, du haut de la lucarne grise, les jeunes adolescentes qui empruntaient les patins noirs et usés de leur frère, qui eux, avaient le droit de jouer au hockey. Ses patins blancs étaient le point de mire, l'envie de ses compagnes de classe, même celles de Dugasville. La fille du marchand général, qui avait bien voulu les échanger contre une paire de bottes noires, s'exhibait sur la mare argentée... Elle s'était juré, en cet instant d'injustice, d'obtenir un jour ou l'autre les choses matérielles auxquelles elle avait droit.

Toute cette lumière l'éblouit, étouffe ses paupières. Le blanc des armoires et le chrome des poignées de porte éveillent en elle le dédain. C'est trop clair, tout comme la rivière glacée par un soir de pleine lune.

Elle se dirige vers une porte, au fond, derrière la cuisinière électrique.

Pendant que les autres bavardent au premier, Bobby, fatigué et déçu par l'attitude vulgaire de Sophie, décide de prendre un peu de repos. Sophie est belle, mais dans un autre décor, étincelant de lumières criardes et de musique effrénée. Il entre sans réfléchir dans la chambre de sa soeur Guylaine qui est au couvent à Rimouski. Il regarde le paysage par les fenêtres des portes françaises. Un peu plus loin, les maisons des fonctionnaires du coin et tout près, la base militaire dans toute sa blancheur... Quatre petits avions gris et bleus sont déjà sur la piste d'entraînement. Ah! devenir pilote, parcourir le monde, planer au-dessus des nuages. Pourtant, sa mère ne cesse de lui répéter:

-Écoute, mon garçon. Tout ceci n'est qu'un caprice de jeunesse. Il ne te reste que deux années à passer dans ce métier de crève-faim. Ça va pour les fils de bûcheron ou de pêcheur de hareng. Mais toi, tu as l'avenir en face: les magasins de mon père, le restaurant à Four Corners... Un jour, tu seras le petit roi, ici, tout comme mes ancêtres qui sont venus des îles Jersey: une lignée de marchands, depuis les débuts, dans les belles années de l'histoire de France.

Bobby écoute, distrait, et ne répond jamais. Elle lui présente des jeunes débutantes toutes fraîches de l'école normale ou du couvent, des filles instruites et fières qui ne l'intéressent pas.

Il s'endort d'un sommeil agité. Le visage tourmenté et bronzé d'Angélique apparaît, disparaît, flou. Sophie s'avance dans une allée claire. Ses cuisses galbées servent de toile de fond dans la lumière de la porte. Tout est discret, irréel.

Il ronfle doucement. La fenêtre ouverte agite le rideau de dentelle qui s'étrangle dans la rampe du balcon. Des bruits, des pas feutrés, des soupirs confiants montent à ses oreilles endormies. Il s'éveille, inquiet. La chambre de Guylaine est tellement différente de la sienne. Une odeur de parfum français règne dans la pièce, une odeur imperceptible... Sophie est couchée à ses côtés, la bouche à demi ouverte, invitante, prête.

-Madame Bujold, il y a quelqu'un au téléphone.

C'est la servante qui parle patiemment, d'une voix habituée à se maîtriser et à obéir.

-Merci, Clarisse. Vous pouvez partir. Demain il faudra nettoyer la chambre de Guylaine. Elle doit bientôt rentrer pour quelques jours.

-J'irai vérifier ce qu'il faut changer, surtout dans la lingerie, répond Clarisse.

-Non, non, ça va. Vous pouvez disposer maintenant.

-Aurevoir, madame.

Clarisse fait demi-tour et remonte l'escalier.

Madame Bujold se dirige vers le téléphone, impatiente.

141

Elle répond sèchement... change de ton.

-Oui... oui. Pardon? Oui, bien sûr... je vais lui faire le message.

-Angélique? Mais vous dormez, ma fille!

-Non, murmure-t-elle, gênée, je rêvais seulement.

-Il y a quelqu'un qui veut vous voir à la pension. Votre logeuse est au bout du fil. Tenez.

-Oui allô?... madame Lebrun? Qui? Ah! William! Mais j'y vais. Je serai là dans un quart d'heure. Oui... oui, nous prendrons un taxi, Claude et moi. Si c'est agréable, de la visite inattendue. William et Corine!

"William peut être gentil quand il veut," pense-t-elle, confuse.

La logeuse essaie de lui dire autre chose, mais Angélique, tout à son bonheur d'avoir des nouvelles fraîches du Bois Tranquille, raccroche.

-Excusez-moi, madame Bujold. Dites à Bobby que nous avons aimé notre journée. Le repas était délicieux.

-Avez-vous vu Sophie?, demande l'hôtesse, inquiète.

-Non, madame. Elle doit être dans la bibliothèque.

"Enfin, pas d'importance, pense la femme du juge. C'est la dernière fois qu'elle met les pieds dans cette maison."

-Revenez nous voir, et dites bonjour à vos grand-parents.

La porte se referme. Claude, le teint blême, est assis sur la marche du perron de pierre. Les yeux humides, il interroge Angélique.

-Dis-moi pas que William se décide à sortir du Bois?

-Bien, il est libre d'aller où il veut, répond Angélique. C'est dimanche.

-As-tu vu son char neuf?

-Non... je m'en fiche, tu sais.

Claude, insulté, ne répond pas.

Le taxi roule lentement dans les rues de cette petite ville qu'Angélique trouve déjà trop grande.

-Ah! j'ai hâte de parler à Corine.

Madame Bujold s'inquiète.

''Mais où donc passés Bobby et cette dévergondée de Sophie? Ils sont probablement dans le sentier battu qui conduit au comptoir de patates frites. Quelle indécence, cette fille!''

Dégoûtée, elle décide de monter au second étage afin de prendre une douche tiède. Cela calmera ses nerfs qui sont à fleur de peau. Un doigt de brandy et une revue américaine lui feront du bien. Son mari dort, la bouche ouverte, un verre vide à la main. Clarisse est partie. Sa maison aux lignes sobres, de style Tudor, lui appartient, l'entoure de sa fragilité, malgré la brique à l'extérieur et les murs en plâtre à l'intérieur. Mais tout est fragile quand on rencontre des gens qui ne sont pas de son milieu. Une sorte de malaise parcourt la maison. Le parfum âcre de Sophie imprègne la cuisine, l'escalier derrière la cuisinière électrique, jusqu'à la chambre de Guylaine. Comme un chien curieux qui suit l'odeur de l'ennemi, madame Bujold se dirige vers la porte.

«Ah! si elle pense se servir de la chambre de Guylaine et passer la nuit... Ça, non! j'y verrai.»

Doucement, elle pousse la porte. Une exclamation de surprise étouffée se perd dans sa gorge. Elle est blême, la lèvre tremblante, les yeux éteints.

-Ah! Dieu de Dieu, Bobby! Excuse-moi, balbutie la mère, ébranlée par le spectacle qui s'offre à ses yeux.

Bobby, à demi nu, tire sur le couvre-lit crocheté afin de cacher les formes arrondies de Sophie. Celle-ci se débat tout à coup et se met à crier.

-Votre fils m'a violée, madame!

Elle baisse sa robe claire qu'elle n'a même pas enlevée avant de s'étendre à côté de Bobby. Celui-ci ne dit mot. Sophie s'écroule sur le tapis moelleux et se met à pleurer. Madame Bujold, qui semble sortir d'un rêve affreux, réagit à ce geste faux. Ses yeux brillent de colère et de dédain. Sa bouche frémissante laisse échapper des injures qu'elle n'oserait jamais proférer devant personne. Une rage subite la secoue; elle s'élance sur Sophie et l'agrippe par les épaules, la secoue, comme une poupée de guenille. Sophie, blessée dans son soi-disant orgueil, la regarde, les yeux secs, les narines palpitantes, le sourire arrogant. Une gifle retentissante s'abat sur sa joue gauche et puis sur la droite. Madame Bujold, maintenant essoufflée et rouge, s'arrête, relâche sa victime qui ramasse ses bas de nylon et ses sous-vêtements noirs. Elle ne cesse de répéter:

-Votre Bobby m'a violée... votre chou-chou m'a...

Madame Bujold oublie Bobby qui les regarde, éberlué.

-Taisez-vous, petite sotte. Des filles de votre espèce ne sont jamais attaquées. Elles provoquent. Relevez-vous. Que votre présence s'efface de cette maison.

N'en pouvant plus, elle s'écroule sur le lit, à côté de Bobby. Sophie s'est réfugiée dans la chambre de bain.

-Ne touchez pas à mes serviettes, lui crie madame Bujold. Je vous le défends.

Le mutisme de Bobby semble ramener sa mère sur terre. Jusqu'à cette seconde, il n'y avait que Sophie, cette fille des rangs, à demi nue dans le lit de Guylaine. Elle le secoue violemment et se met à pleurer.

-Écoutez, maman. Je n'ai rien fait de grave, et puis je suis majeur. Le vin, le vent frais, Sophie et Angélique... enfin, le parfum de Guylaine qui flotte sur les draps fleuris. Je ne suis qu'un homme, non?

-Ah! un homme, finit par marmotter sa mère qui a envie de vomir. Tu l'as bien dit. Tu n'es qu'un faible, ah! ça, oui! Semblable à ton père.

Elle rougit et s'essuie le front, effaçant un souvenir de jeunesse folle. Son fils unique, l'espoir de ses réalisations futures, se laisse embobiner par cette petite putain.

Elle secoue de toutes ses forces les épaules de son fils qui, hébété, ne répond toujours rien.

-Idiot! Stupide! Coquin! M'avoir fait un coup pareil!

Un bruit de verre cassé la ramène à l'instant présent. Très calme maintenant, elle étudie le visage renfrogné de Bobby.

-Écoute! Ton père ne doit rien deviner de cette affaire saugrenue, tu m'entends? S'il fallait qu'il ait une autre attaque avant d'être élu à la Cour Suprême...

Elle devient pratique: une habitude de bourgeois.

-Oublie tout cela et dans quelques années, tu seras le maître, ici. Tiens, enfile ton pantalon et ramène-moi cette petite dévergondée à son hospice.

Elle pivote sur ses talons hauts, relève son chignon crêpé,

ajuste ses bas de soie beiges et sort de la chambre qui sent le houblon. Nonchalamment, elle descend l'escalier et sourit à son mari qui ramasse le verre cassé, le visage plein d'excuses.

Bobby n'a rien dit. Étonné de l'audace de Sophie et de l'indiscrétion de sa mère, il ravale sa salive. Sa première tentative de mâle lui laisse un goût amer, un vide surprenant. Pourtant, certains de ses amis racontaient leurs exploits: des sensations débordantes, des cris étouffés, des délices paradisiaques... Est-il normal? Cette crainte seule réussit à le sortir de son état léthargique.

Sophie s'approche de Bobby, très attentif, au volant de sa voiture neuve. Il ne desserre pas les lèvres. Elle ne ressent aucune gêne, aucuns remords. Bobby est là, sans défense, innocent, jeune, mais beau comme un dieu grec. Après tout, il faut bien commencer un jour... La jambe gauche de Sophie frôle légèrement celle de Bobby.

-Maudit! Fiche-moi la paix, veux-tu?

Le trajet se poursuit silencieusement. Sophie boude. Ils arrivent devant les portes éclairées de l'hospice.

-Embrasse-moi, Bobby. J't'aime assez; tu peux pas savoir. Envoie donc.

Bobby, sans force, répond à ses lèvres humides. Il pense tout à coup aux autres lèvres qui ont pris celles de Sophie. Un goût âpre remplit sa bouche sèche. Il la repousse violemment.

Sophie, habituée aux formules d'usage qu'elle déploie à ses clients, lui glisse à l'oreille:

-Ce n'est rien, ça Bobby, tu verras... La prochaine fois, ça sera mieux, je te le promets. Tu reviendras, tu verras.

Bobby, dégoûté, démarre la voiture dans un bruit de

gravier. À l'intérieur, tous les vieillards qui dorment s'éveillent. Ceux qui ne dorment pas encore se demandent ce qui se passe à l'extérieur. La tranquilité s'installe aussitôt dans cette cage vieillissante. Sophie monte à sa chambre, les joues rouges, mais un sourire narquois au coin des lèvres.

-C'était le bon temps, murmure-t-elle. J'en suis certaine!

Elle se couche et rêve à la belle maison en briques, aux avions gris et bleus, au sourire du juge Bujold.

Bobby a soudainement envie de parler, de voir Angélique, de respirer un peu de la fraîcheur humaine qui se dégage de son épiderme à l'odeur de jasmin.

Il ralentit sa voiture.

«Mais qu'est-ce qui se passe à la pension Lebrun?»

N'étant pas au salon quand Angélique a pris congé avec Claude, il se morfond soudainement. À qui appartient cette décapotable bleu poudre? Il attend, attentif aux moindres gestes, derrière le volant, les mains crispées sur le cuir froid. Une sorte de crainte, de regret plutôt, le tourmente. Claude apparaît, entourant les épaules frêles d'Angélique.

«Et puis non! Ce n'est ni du regret ni de la crainte que je ressens. C'est de la jalousie, bon sens. Qu'est-ce qui me prend?»

Il ne bouge pas, espionne à travers les essuie-glace. Un homme dans la quarantaine, de taille plutôt imposante, ouvre la portière, suivi d'une femme délicate aux longs cheveux noirs flottant au vent.

«Qui sont-ils? Que font-ils avec les valises d'Angélique?»

La voiture bleu poudre recule dans l'allée, avance et

s'élance à toute vitesse sur la route principale qui mène au Bois Tranquille, en passant par Les Falaises, l'Ile Chauve, la carrière de pierres...

La logeuse répond à son coup de sonnette.

-Ah! Monsieur Bobby. Quel malheur!

Elle éclate en sanglots dans le vestibule sombre et humide. Mademoiselle Noël... pauvre fille... pauvre petite. Son père est mort ce matin. Un certain William et sa femme, des voisins de ses parents, sont venus l'avertir. Inutile de téléphoner, qu'il a expliqué bêtement. Ils avaient affaire à Four Corners afin d'acheter un cercueil... Ah! Monsieur Bobby! Il faudrait faire quelque chose. Elle n'avait pas l'air de très bien comprendre, vous savez. Elle m'a dit qu'elle partait en visite pis qu'elle reviendrait toute reposée. Elle pleurait pas mal souvent dernièrement. Moi, j'suis pas dans la parenté, mais je l'aime comme ma fille.

Elle s'essuie le nez et les yeux du revers de son tablier fleuri. Bobby la remercie gentiment et sort précipitamment.

-«Il faut prévenir Sophie. Et puis non! Je ne veux plus revoir cette fille. J'irai à l'enterrement à la place de mes parents. Il paraît qu'ils ont déjà connu les Doran et les Ferguson. Pauvre Angélique...»

Le Bois en noir

La maison de Samuel Ferguson est entourée de voitures, noires et démodées, et d'une camionnette de marque Ford. Quelques chevaux broutent l'herbe non coupée, le long de la clôture métallique. La décapotable bleu poudre de William est à l'abri, sous les vieux chênes dénudés. Le soleil joue à cache-cache entre les dernières feuilles couleur de rouille. Il y a du chrome partout, à l'avant, à l'arrière, sur les poignées, les garde-fous, les phares...

-Ça ressemble à une vraie noce, constate avec nostalgie Toinette.

Mais une couronne en taffetas noir, accrochée à la porte en aluminium, la ramène à la réalité. L'ancienne porte en chêne massif a été reléguée derrière la grange qui se vide lentement. Un oiseau étrange, qui ressemble à un paon multicolore, déploie ses ailes dans l'entrée soi-disant modernisée. Lucien et Anna font honneur à toutes les nouveautés.

À l'intérieur, l'atmosphère s'identifie et se modifie d'une pièce à l'autre. L'ancienne cuisine d'été abrite les plus jeunes. On joue, on se bouscule. Tout le village est réuni comme à la prière du mois de mai. Simon joue de la guitare, doucement, assis sur la dernière marche de la galerie. Angélique chante à tue-tête: *Maître Pierre*, *La mer*, et *Quand le soleil dit bonjour aux montagnes.*

Clophas, fâché, supplie Marianne du regard. Ne recevant aucune réaction, il s'approche et lui dit, les dents serrées:

-Marianne, j't'en prie... fais-la taire, ta fille. Quoi c'é que le patron du moulin va penser, hein?... pis celui de la compagnie de téléphone, pis les soeurs religieuses à Liliane et pis ta mère?

Marianne, le regard vide, la voix lasse, répond doucement:

-Laisse-la faire, Clophas. J'pense qu'elle est en état de choc. I' faut pas la réveiller asteur. C'est comme une somnambule. Tu comprends, Clophas?

-Non, j'comprends pas, répond le voisin, toujours exaspéré par les expressions savantes de Marianne.

-Un choc, une som... enfin quoi! Mais tu radotes, ma foi. Elle est pas toute là de la tête, ta fille, que j'te dis. Ça paraît plusse, asteur. T'en souviens-tu de son attirance pour Walter, pis l'indulgence qu'elle portait envers la femme à Ti-Pit?

Il s'essouffle, soupire et reprend:

-Pis tiens. T'en souviens-tu, pendant sa maladie? Elle criait qu'elle voyait le plancher qui r'volait en éclats, quand tu la berçais. T'en souviens-tu, Marianne? Des histoires de sauvagesses.

Marianne hausse les épaules, ne répond pas.

-Elle est donc calme, chuchote-t-on dans l'assistance.

«Trop calme, pense Liliane, sa mère, qui se gave de bonbons rayés. Elle a tout avalé à grandes bouchées et maintenant, elle a tout perdu. Depuis le sacré moulin, à petite dose, sa vie s'est empoisonnée graduellement. Elle s'est gâtée, ou plutôt rassie, comme un pain qu'on oublie de couvrir. Tant mieux... quand je mourrai, elle ne s'en apercevra pas tellement, ou si peu. Son coeur de femme,

150

d'épouse et de mère, aura tellement accumulé de déceptions, de maladies et d'amertume surtout, qu'elle sera sèche, vide d'émotions, de la sève de la survivance, de l'acceptation. Elle oubliera qu'elle a été une jeune fille. Ma fille...»

Elle frôle son bras gauche qui ne ressent ni le froid ni les caresses depuis un bon moment.

«La mort, pense-t-elle soudain. Ça doit être cela. Je pourris lentement.»

Elle examine, d'un air dégoûté, ses mains et ses chevilles enflées. La diabète s'en mêle.

«Mon sang devient sucre, mon coeur devient fiel.»

Elle avale un autre bonbon rayé.

«Oh! Dieu du ciel! Un soir tu es belle, sûre de toi-même, de ton corps de femme. Blonde ou brune, quelle importance? Le ventre est plein d'attentes, ou de placenta rose, le coeur à l'envers, l'échine frémissant comme les ailes d'un oiseau-mouche. Le lendemain, c'est déjà loin, l'avant-hier de la jeunesse. Paralysée, ignorée dans une chaise à roulettes.»

Le dernier de Lucien et d'Anna égratigne les boiseries, autrefois vernies à tous les deux ans. Sa marchette en plastique foncé, ses petites jambes potelées plient, vivent, poussent. Il avance, il frappe dans la vie, dans le mouvement. Bientôt, il délaissera sa petite prison à roulettes et ira courir dans le champ de foin non coupé. Il grimpera les marches de l'escalier et escaladera les bancs de neige, l'hiver.

-Tu t'endurcis, ne cesse de lui répéter Samuel qui s'assombrit.

-Il agrandit la grange? Mais pourquoi? Y a plus

151

d'animaux. Il s'y évade, c'est ça. C'est son refuge, son oasis. Moi, j'suis prise dans la maison qui se désintègre.

Elle regarde du côté de chez Clophas. La vie continue… Toinette, agile, encore alerte, rajeunie par toutes les commodités qui lui laissent le temps de s'épanouir, trottine vers leur maison, une casserole chaude dans les mains. Ses cheveux, autrefois relevés en chignon, retombent sur ses épaules, ce qui lui donne un regain de jeunesse.

-Damm her, siffle Liliane, exaspérée. Faute d'être mobile, je deviens jalouse… et puis non. C'est plutôt terne, épeurant, ce sentiment sans saveur qui s'appelle l'indifférence. J'peux pas t'haïr, Toinette, mais j'déteste et j'envie ta santé et les regards fautifs que Samuel glisse de ton côté. Il se sent tellement coupable que j'dois souffrir pour deux.

Elle s'endort, la tête penchée sur sa poitrine affaissée. Dans la dépense, Toinette et Philomène discutent du prochain repas.

-C'est l'heure du souper! Tout l'monde à table! crie Philomène, toujours rougeaude.

Elle se promène du poêle à bois à la table familiale chromée. Il n'y a plus de salle à manger.

-Un antiquaire des États a tout acheté, ne cesse de s'étonner la femme à Lucien. Imaginez donc! I'nous a donné cent belles piastres pour toute la potée de vieilleries. Des buffets, la vieille vaisselle cassable, les trois lits en laiton, la vieille chaise berçante, les trois lave-mains à pattes tournées…

Une oie dodue gît dans la rôtissoire bleue.

-C'est la dernière, constate la servante à vie avec un soupçon de nostalgie. À Noël, c'était la dernière dinde; à Pâques, les deux derniers chapons et pis là, c'est l'oie. Ça serait-l' bien l'oiseau de la mort?

Soudainement, elle frissonne dans la chaleur de la cuisine.

-Toute une vie que j'vis pour les autres, chez des inconnus qui, peu à peu, prennent la place d'un homme que j'ai pas eu le temps de connaître, d'enfants que j'ai pas eu le temps de concevoir. Je leur appartiens, c'é toute... Comme un bon vieux chien qui garde la basse-cour. Qu'oss qu'i' arrive au bon vieux chien miteux, hein? Ben Lucien lui a tiré une balle en plein front, la semaine passée. I' a dit comme ça: «T'étais pus rien d'bon, pis y'a pus rien dans le poulailler.» Et moi, alors... quoi c'é qu'i' va m'arriver quand y aura pus de farine à boulanger, plus de confiture à mijoter? I' achètent tout au magasin, asteur. Pus de vaches à tirer, pus de poules à soigner... I' vont-i' ben me sâcrer à la porte? Où c'é que j'vas aller?

Ça ne lui arrive pas souvent de réfléchir sur la routine quotidienne. Mais quand même... La mort de Valentin, si jeune encore; l'oie sacrifiée, la grange qui se meurt, le chien qu'on a tué...

Simon la regarde aller et venir (les plats succulents, surtout, qu'elle dépose sur la table). Du pain de ménage qu'elle ne pétrit que pour les grandes occasions, des fèves au lard teintées de mélasse, des biscuits au gingembre... Il se lèche les lèvres de convoitise gourmande.

-Mon vieux Simon, t'approches la quarantaine. La femme à William a pus une cenne de ses économies, pis elle vient pus me trouver dans la vieille cabane à sucre, asteur. Depuis que William a c'te maudite bagnole-là, avec un toit qui s'ouvre, elle veut plus d'moi, la démone. Moi, Simon, me faire remplacer par un char bleu poudre. Y'é grand temps que j'me trouve une cache. Pourquoi pas, hein! Philomène est pas aussi belle que Corine, mais elle a des formes rondes pis en santé. Ça ferait un changement, du maigre au gras. La vie peut bien être entrelardée, pour un quêteux. (Il sourit). Pis y a William qui m'a dit quelqu'chose d'intéressant, hier. Y paraît que l'gouvernement veut donner des pensions aux déshérités, aux invalides pis aux malades chroniques. Ça serait pas comme begger sur la paroisse, i' me semble. Ça serait plutôt comme être sur toute la générosité ou le surplus du pays, parce que c'é les taxes de ceux qui ont la santé pis la chance de travailler qui vont payer ça. J'ai ben le droit, moi aussi. C'é pas d'ma faute si que j'avais les poumons trop au vif pour aller à la guerre. Lucien veut me garder icitte. I' serait comme mon gardien, on dirait. On jouerait au poker en attendant d'avoir la télévision. Goddam! que la vie est belle, pareil!

Il essuie une larme sur sa joue rose.

-Pauvre Valentin, va. T'aurais pas dû mourir asteur. T'aurais une pension de maladie, mon vieux. Si j'vas te manquer! Ton violon, surtout.

L'odeur du café lui fait oublier assez rapidement les malheurs des autres. Pourquoi pas? Les gens qui ont déjà été à l'aise ont bien le droit d'être orgueilleux, fiers, et même de refuser l'aumône honnête.

-Moi, j'ai jamais rien eu, ça fait qu'on m'doit que'qu'chose, bon sens. La philosophie des innocents s'porte toujours bien.

Philomène vient s'asseoir à ses côtés. La main gauche de Simon repose doucement sur le genou droit de la servante qui a chaud. Depuis quelque temps, elle aspire à des sensations, à des désirs longuement refoulés. À entendre et à voir agir Lucien et Anna, à longueur de nuit et le dimanche après-midi... Enfin, il y a des limites. Elle a déjà été mariée. Sa main libre glisse lentement dans celle de

Simon.

Dans l'ancienne salle de musique, les religieuses en noir et le secrétaire de l'évêque récitent des prières anciennes afin que l'âme de Valentin repose en paix.

Une neige silencieuse, à peine visible, pleure des larmes glacées sur le Bois Tranquille.

-Ça continue, s'inquiète Samuel. I'manque pus rien qu'une bonne bordée hâtive. Maudit, c'est seulement la mi-octobre. Damnée neige! On aurait l'air fin, pris dans le portage, comme aux noces du dernier à Dugas. La messe a commencé deux heures en retard. Le dîner était refroidi, les femmes pleuraient de joie (ou de rage) et les hommes avaient soif. Oh! Lord!

Il regarde sa famille, ou plutôt les villageois qui le respectaient, jadis. Il évite le regard lourd et apathique de sa femme qui s'éveille. Un observateur attentif décèlerait de la répugnance dans les yeux bleus du juge de paix déchu et ancien fermier, bâtisseur de maisons. Il y a une sorte de désespoir muet dans ses gestes ainsi que dans son langage raffiné. L'image du Sacré-Coeur qui saigne semble juger tous les habitants du Bois Tranquille.

Angélique se comporte d'une étrange façon, inacceptable, inattendue. Elle monte au second, fait les lits, étend les couvre-pieds et décrotte les petits négligés d'Anna. Elle fait chauffer de l'eau dans le réservoir en fonte adjacent au gros poêle chromé; elle lave, frotte les planchers recouverts d'un prélart multicolore déteint, époussette les étagères vidées de leurs bouquins, tartine des sandwichs aux oeufs... Elle ne s'arrête que pour jouer aux cartes avec Simon. Elle rit; elle chante à tue-tête... Comme si c'était le temps des vacances, le temps de la visite. Elle parle de l'école jaune, du moulin sur la falaise, du cheval Courage...

C'est comme si la vie s'était arrêtée, hier, dans le corridor sombre de la pension. Son cerveau, inquiet et maladif, repasse des événements déjà lointains. Rien n'est changé chez Samuel Ferguson. Les draperies de velours sont écarlates, couleur de rubis, aux fenêtres à carreaux. Les planchers en bois franc brillent, couleur de miel. Ça sent la cire d'abeille. Pépére vient de tuer la grosse truie Picotine. Ça va sentir le boudin et les grillades de lard bientôt. Liliane se prépare. Elles iront à La Côte, au presbytère, porter des pâtés à la viande à la tante du curé.

Valentin se repose d'un long séjour dans les camps de Dolbeau. Le sofa est prêt dans la salle de musique. Maman ne fera aucune objection à ce qu'il y dorme.

Tant qu'il sera là, qu'il dormira, il ne pourra jamais mourir ni repartir. Angélique s'accroche à cette invention. Pour elle, Valentin, son père, dort...

Les religieuses en noir prennent congé. Elles reviendront demain assister à l'enterrement. Les patrons du moulin et de la compagnie de téléphone, les marchands de La Côte et les Falaises sont présents. Ils discutent d'affaires et fument un bon cigare. Des cousins métis, moitié Écossais, moitié Indiens, sont venus de l'autre bord de la Baie rendre hommage au fils de la fille aux yeux de turquoise.

«Les prières sont bilingues et le bon Dieu s'en fiche, pense Samuel qui regarde Clophas.»

Son voisin orgueilleux se faufile parmi ces anglophones qu'il dit détester. Cependant, depuis qu'il a de l'argent à investir ou à dépenser, il leur fait des yeux doux.

-Maudit hypocrite, murmure Samuel. La mort de Valentin n'est plus qu'un prétexte pour analyser sa propre vie, ses moyens d'existence.

«Tous viennent rendre visite à mon père, pense Angélique. Ça jase, à part de ça.»

«T'en souviens-tu de ma chute dans le ruisseau? Tu m'as sauvé la vie. Je ne pourrai plus jamais m'aventurer dans les bois, maintenant, regrette le secrétaire de l'évêque. Tu vas me manquer, toi qui comprenais ma peur des agonisants et qui acceptais le fait que j'aurais aimé d'être missionnaire.»

«Ah! t'en souviens-tu, voisin, quand ma maison a brûlé jusqu'à terre? Tu as perdu le compte que je devais te payer. Merci pour le chargement de madriers et de planches. J'ai voulu te payer, Valentin, mais t'aurais été insulté.»

Thomas chez Dugas qui raconte sa peur du silence, sa déception amoureuse, après le retour de la guerre, pleure sans arrêt.

-C'é pas ton père, s'énerve Clophas, outré de voir un autre mâle chialer comme une femmelette.

-Pis après, hein? répond Thomas.

Il s'élance comme un fauve blessé sur son voisin, le poing fermé.

Ça continue. Marianne reçoit les condoléances, l'air absent, le regard lointain. Elle se souviendra assez tôt des baisers chauds de son mari, par les soirs longs d'hiver. Elle s'ennuyait tellement, après le coucher des enfants. Valentin arriverait demain... samedi. Tout à coup, elle entendait une clef qui jouait dans la serrure. «Valentin, c'est toi? Mais tu es bien de bonne heure? J'ai pas fait ma toilette. Je t'attendais demain». -Tu es belle, Marianne, qu'il lui disait. -Il riait de ses dents blanches. Elle se souviendra de la chaleur tiède des draps, tôt le matin, avant le réveil des enfants. Valentin se levait, allumait le poêle, faisait chauffer le thé, grillait le pain dans le fourneau. La maison modeste sentait l'amour. Elle en oubliait le moulin perdu, la maison à six chambres à coucher. Les Falaises et les cousins irlandais, la maison blanche et hautaine qui avait abrité sa lune de miel, sa première maternité, Alexis, qui maintenant apprenait le ''rock and roll'' dans un club réservé aux militaires de la base canadienne, très loin, en Allemagne. Il s'en rappellerait de son père, grand, fort, lui donnant ses dernières recommandations avant le départ pour les vieux pays. Elle se souviendra aussi de leur premier désaccord et de la douce réconciliation. Elle en aura bien le temps.

Samuel junior, qui s'étonne du silence de son père, questionne Angélique.

-Il dort-i', papa, Angélique?

-Ben oui, rassure sa soeur. C'est comme la belle au bois dormant, tu comprends? Il s'éveillera bientôt.

-Dans cent ans, de même?, pleurniche son petit frère impatient.

-Non, Samuel. Les contes sont plus courts, plus réels à présent. Il faut être patient, il est bien fatiqué.

L'enfant, rassuré, fait le tour du cercueil, le coeur plein de papillons gris. Cette boîte étrange et froide qui va se refermer demain sur une vie trop vite achevée l'étonne.

Angélique retourne s'asseoir aux côtés de Claude Hébert. Elle rêve à Walter qui goûtait le brandy et qui sentait bon, les vieux pays et le tweed anglais. Claude, lui, ne goûte rien. Il sent le brylcream et le musc à bon marché. Si Walter pouvait finir par arriver. Ils danseraient le fox-trot et la petite valse. Ça lui est bien égal que son ancien professeur soit devenu un être ignoble, un don Juan instantané, presque un Barbe Bleu, aux yeux des gens du Bois. C'est bien de ses affaires s'il veut faire visiter Paris à la femme à Tit-Pit, dans son fenil vide.

-Bande d'hypocrites, qu'elle leur crierait, si son père était réellement mort.

Elle se retient. Il faut attendre que Valentin s'éteigne. Là, il se repose. Ça pourrait le réveiller... Il faut chuchoter, murmurer ses sentiments. Elle leur dirait à tous. Ils n'attendent que cet événement. Mais Valentin est tenace. Il les fera languir longtemps.

Elle regarde Clophas qui tâte son éternel porte-monnaie.

«Toi, Clophas, qui traitais mon père de sauvage, de communiste, d'hérétique... Tu fais des courbettes devant les haut placés de Four Corners maintenant, parce qu'ils connaissent pépére et pis mon père, quand il faisait des affaires au moulin. Tu veux faire embaucher Claude, pas vrai? Dis, toi, Toinette. Comment feras-tu pour soulager tes crampes? La recette d'herbages tu l'auras peut-être. Je l'ai dans la tête. T'es quand même ben bonne pour moi et tu m'as toujours traitée en adulte.»

Elle poursuit son monologue intérieur. Comme dans un «Paul Jones», les visages valsent, se déplacent, tournent, s'arrêtent.

«Toi, mamie Liliane, je t'aimais, avant. Tu étais l'image de la femme idéale, de la mère aimante, de ma grand-mère savante et libérée dans ton langage et tes pensées. T'aimais pas mon père, hein? Je t'ai entendu... Tu faisais l'hypocrite. Si t'étais belle, quand tu m'expliquais les changements du cycle féminin, de tes douces maternités! Tu étais comme mon encyclopédie des sens et des sentiments, que tu laissais ouverte à mon imagination. Tu disparaissais le dimanche après-midi et j'avais peur que tu sois partie aux îles de tes ancêtres. T'en parlais tellement souvent. Je faisais le tour de la maison et de la grange et je t'apercevais au bras de pépére, rayonnant au soleil. Vous alliez parler d'amour derrière les aulnes, au bout du champ de patates. La vie était belle; toi, tu étais heureuse, tu courais, agile. La vie grouillait de partout. Les pommes volées dans ton verger goûtaient bon. Les papillons qui ne vivaient qu'une saison s'affolaient autour des lilas. T'as tout lâché, tout abandonné. J'te respecte même plus, mamie.»

Le «Paul Jones» continue, s'arrête. La musique muette et froide soudain se fige sur les pieds de William.

«Toi, William, qui voulais enlever l'orgueil de mon père, je ne réussis pas à te détester. Merci pour ta job. Ça aide à boucher les trous, mais j'oublierai jamais ma licence de maîtresse d'école. Je l'aurai un jour, je me le promets. Ah! le coup de poing qu'il t'a flanqué, par un dimanche de pauvreté... c'était beau et rassurant. Pourquoi y a-t-il des gens comme toi, William, qui se permettent de faire des choses presque illégales, qui déçoivent, qui se saoulent. Et pis on te regarde, on te pardonne. J'comprends pas, William. L'orgueil, ça rend fort, ça peut être beau, aussi. Ça empêche certaines personnes de quémander, de s'exhiber, de tricher. Ça empêche les jeunes filles bien élevées et déracinées, à Four Corners, de se jeter au cou d'un militaire en bleu qui fréquente une amie qu'on aime bien, sans l'approuver. Elle est comme toi, Sophie. Son orgueil la rend méchante, calculatrice, vulgaire. L'orgueil, ça empêche les femmes seules de pas perdre leur statut de femme toujours sage. Si j'en ai de l'orgueil, William? À en faire mal au ventre, à en ressentir des crampes. Bobby devra deviner, sinon, je l'oublierai. Toi, tu es transparent. Tu sens la piastre mal gagnée, manipulée, et les femmes trop fardées. On t'excuse parce qu'on est habitué à tes escapades. J'peux pas t'haïr, William. Mais Dieu... que c'est proche, très proche.»

La main de Claude glisse le long de son épine dorsale. La

robe noire et étroite, qu'elle a empruntée de son amie Diane, moule son corps long et mince comme un gant de bourreau. La main glisse, tâte doucement le tissu de crêpe. Angélique, étourdie d'étouffer ses sentiments, s'endort sur l'épaule qui attend.

-Ça sera pas long, asteur, murmure le jeune homme amoureux. Je t'aurai avant l'hiver prochain. L'amour, moi, je m'y connais.

Dans l'ancienne chambre de Walter, chez Clophas, Angélique dort paisiblement. Le rêve continue. Le docteur qui la soigne, pendant sa maladie, lui suggère des tranquilisants, des petites pilules rouges et vertes enduites d'une matière plastique.

-Écoute, Angélique. Ça fait deux jours et deux nuits que t'as pas dormi, ou presque. Tiens, prends ça pis va te coucher. I'est rien que trois heures du matin. On te réveillera à temps.

C'est l'aube. Une lueur grise qui précède le lever du soleil se faufile parmi les épinettes. Claude, qui n'a pas envie de pleurer, est quand même inquiet.

-Viens chez nous, Angélique, je t'en supplie. On reviendra pour l'ent...

Il ne termine pas sa phrase. Angélique enfile son manteau. Ses oreilles bourdonnent; elle s'évanouit. Elle n'entend pas les derniers Ave, ni les cris de Philippe, ni les sanglots refoulés de Marianne.

Elle dort dans le lit jadis occupé par Walter, ses cheveux en éventail sur l'oreiller propre. Claude la regarde. Elle est là, tout près, sans défense. Une sensation étrange s'empare de tout son être. Un désir physique qui ne réussit pas à faire fondre son coeur qui fait mal. Il a mal pour Angélique. Il aime à sa façon.

-Réveille-la pas, recommande le docteur.

La fenêtre est ouverte, en cette journée de mi-octobre. Un chasseur en chômage brise le silence du Bois Tranquille. Une perdrix confiante se perd, ensanglantée, dans un buisson sec.

Toinette, dans sa cuisine modernisée et claire, prépare le dîner. Clophas et Maurice, son dernier, arriveront bientôt de l'enterrement, affamés.

«Ah! grand Dieu! J'ai oublié de réveiller Claude, qui a oublié de réveiller Angélique. C'est peut-être mieux de même, pense-t-elle naïvement. Pauvre enfant! La vie continue...»

Elle écoute, distraite, les romans-fleuves, entre-coupés d'annonces publicitaires.

-Ça coûte pas cher, l'électricité, s'émerveille-t-elle soudain, et ça fonctionne tout le temps! Y a ben les orages de tonnerre, mais ça dure si peu longtemps.

Elle jette un regard amoureux sur ces choses matérielles que l'argent et surtout l'orgueil de Clophas peuvent procurer. *Vie de femme, Je vous ai tant aimé, Les joyeux troubadours,* viennent à tour de rôle égayer l'heure du dîner dans les cuisines qui s'ennuient, qui pensent à l'hiver éminent. Josephat à Dugas pratique son *Reel de l'Oiseau Moqueur,* caressant, de son espadrille usée, le dos du chien Fidèle. Valentin lui manque, mais pour un chien déjà vieux et blasé, un violon ou un autre...

Le malentendu

-Bonne et heureuse année, maman, et le paradis à la fin de vos jours. Embrassez papa et les plus jeunes. I' va-t'-i' mieux, l'père?

À l'autre bout du fil, une réponse qui réprimande:

-Julie, viens-t'en par icitte. On serait si heureux, ton père pis moi.

-Écoutez, maman. J'peux pas quitter Montréal asteur. Mon travail rapporte assez bien.

-Quoi c'é qu'tu fais, encore, fifille? demande la voix plaintive.

-Je travaille dans une fabrique de chocolat pis le soir, je fais du supplémentaire.

-Du quoi, fifille?

-Rien, maman, répond la voix irritée, j't'écrirai bientôt. J't'embrasse et toute la famille aussi. Bye!

Un déclic se fait entendre. Le silence s'installe pour quelque temps sur les fils qui s'entortillent autour de la taille d'Angélique qui s'énerve. C'est la veille du jour de l'an.

«Ah! si le patron peut finir par arriver, pense Angélique. I' faudrait bien une deuxième employée pendant les fêtes, non?»

Voici le patron qui arrive, un cigare à la bouche, la

démarche titubante.

-Allez vous reposer asteur, Angélique. Je vais prendre la relève jusqu'à onze heures. Ça va?

Angélique, surprise, répond faiblement.

-Si vous êtes gentil!

-Well, well, tu peux remercier ton amie Sophie.

Il rougit en prononçant ces mots. Il tousse et s'éclaircit la voix.

-Pour l'augmentation aussi, hein! Avec toi, c'est inutile d'essayer, mais crisse que t'es belle dans toute ta froideur. Un vrai glaçon.

Angélique, épuisée, les nerfs à fleur de peau, se met à pleurer doucement. Consterné, le patron s'excuse et lui tend son manteau noir.

-Mais voyons, voyons. Allez et puis achetez-vous donc une robe un peu moins sombre, afin de bien commencer l'année. Ça vous remontera le moral. Si ça a du bon sens, à votre âge...

Deux mois et demi viennent de s'écouler depuis la mort de Valentin, mais Angélique ne fait jamais mention de son père, ni à sa mère, ni à Sophie ou Claude. Personne. Claude l'invite à demeurer chez lui pendant les vacances qui s'en viennent.

«C'est pas normal, tout ça, pense-t-il, inquiet de l'attitude d'Angélique.»

Elle remercie le patron et sort précipitamment. Elle se dirige vers l'hospice illuminé. Les parents et les quelques amis sont retournés dans leur famille. Les fêtes sont bien finies. Elle salue de la main deux religieuses qui s'affairent derrière un pupitre ancien.

-Sophie est-elle là?

-Oui, Mlle Noël. Allez-y, mais elle ne se sent pas bien depuis quelques jours, répond la Mère Supérieure, le regard froid.

Sophie entrouvre la porte. Elle est pâle et ses cheveux frisés sont en broussaille. Elle ne porte aucun maquillage, les yeux rougis.

-Mais qu'est-ce que tout ce désordre? questionne Angélique.

Sophie ne répond pas. Elle fait glisser le rideau en plastique qui entoure le bain et d'un geste sec et rapide, elle ouvre tout grand les robinets.

-Envoye, ma fille, commande Sophie. On va s'laver afin de ben commencer l'année.

Elle ne rit plus. La mousse, qui sent le muguet, entoure les deux jeunes filles comme un voile de mariée. Angélique se retourne pendant que Sophie sort du bain, toute ruisselante, les yeux ternes.

-Tu vas m'dire ce qui te tracasse, hésite Angélique. Bobby est pas venu cette semaine? Peut-être qu'il est trop occupé.

Sophie se retourne vivement, le regard brillant, les mains tremblantes. Elle a perdu toute sa belle assurance qui laissait croire aux autres qu'elle était invulnérable. Enveloppée négligemment dans une serviette couleur turquoise, elle se laisse choir à côté du bain, la tête appuyée sur ses genoux.

-T'as pas remarqué, hein? J'ai engraissé, pis regarde ma poitrine. (Elle ouvre l'essuie-main.) Je suis toute gonflée!

Angélique considère le corps humain semblable à une

sculpture, ou encore à une plante qui a des chances de pousser droit, selon la lumière qu'elle absorbe. Tout est flou, dans sa perception de l'amour physique. Elle aime un visage, des yeux presque turquoises, des cheveux foncés. Sophie, par contre, n'a aucune notion de pudeur concernant les sentiments d'Angélique qu'elle considère marginale ou hypocrite.

-Enfin, raconte... soupire Angélique, qui envie les seins pleins de Sophie.

La réponse est précise, brutale.

-Ben j'suis enceinte, maudit, pis j'ai fait exprès, tu comprends? J'vas être obligée d'aller à la crèche, s'il veut pas m'épouser!

Un silence épais et mousseux s'élève entre les deux copines.

«Sophie aurait-elle bifurqué du droit chemin, mal assurée de l'amour de Bobby? Est-ce une maladie incurable, que de donner son corps, ou plutôt de le vendre, contre des dollars déjà souillés? C'est peut-être de ma faute...»

Angélique se sent coupable tout à coup. Sophie semble lire ses pensées.

-Pauvre idiote, naïve et stupide, s'écrie-t-elle, fâchée.

«Comment lui dire sans trop la choquer. Et pis tant pis... Claude est pas mal niaiseux de tenir le coup.»

Angélique s'agite dans l'eau mousseuse qui devient tiède. Cette eau dans laquelle elle se baigne... C'est l'eau qui nettoie aussi le corps de Sophie qui a encore couché avec son patron ou celui du moulin Weaver. C'est trop fort, trop brutal. Sophie la regarde, méchante, envieuse soudain du corps long et élancé d'Angélique. Un corps vierge, sans inquiétude, sans morsure.

-C'é pas c'que tu penses, Angélique. C'é un cadeau de Bobby. J'ai calculé mon affaire, à part de ça, tiens. La méthode du calendrier, je m'y connais.

Elle continue comme si elle était devant son confesseur.

-Tu croyais que Bobby venait me voir toutes les fins de semaine, hein? Eh! ben non. I'est parti à Trenton, en Ontario, pour quelques mois, pis j'l'ai pas revu depuis ce fameux dimanche où j'ai osé monter à sa chambre, chez lui. T'en souviens-tu, Angélique, de la belle maison du juge, de la vaisselle brillante, des tapis moelleux? J'vas les faire chanter, t'entends? La servante a tout entendu. Elle avait oublié quelque chose. Ça fait que madame Bujold a qu'à bien se tenir. Son mari est très malade du coeur. I'faut que j'm'arrange, c'é toute. Leur fille veut entrer en religion, tu comprends? Et mon bébé est leur héritier. I' faut que Bobby m'écoute...

Angélique a envie de se laisser glisser sous l'eau du bain qui est maintenant froide. Ce n'est pas assez profond. La Baie, et puis non... La Baie est gelée jusqu'au printemps. Toutes les larmes retenues depuis la mort de Valentin gonflent sa poitrine: ses poumons vont éclater. Ses yeux aussi, qui sont trop petits. Tout va sauter. Son coeur bat à en faire mal, comme un tambour dans le tympan de ses oreilles. Son cerveau de porcelaine se brise, se fracasse sous sa chevelure couleur de miel brûlé. Elle se lève, hautaine. Blessée et humiliée, elle enfile son manteau sur son corps nu et humide. Ses vêtements noirs gisent par terre pendant qu'elle sort d'un pas leste. La porte se referme doucement.

Sophie s'étonne. Angélique qui se sauve, qui n'a rien fait pour la consoler? Son amie patiente qui voudrait secourir tous les chiens battus, tous les vieux déshérités de l'hospice et les chats des ruelles de Four Corners... Elle nourrit même les goélands qui s'aventurent jusqu'aux trottoirs de la ville.

«Elle a l'air presque contente, indifférente même, tout comme à l'enterrement, jongle Sophie.»

On chuchote au Bois Tranquille qu'Angélique n'a pas de coeur. Pas une larme de versée, et elle chantait à tue-tête pendant que les religieuses priaient. Elle s'était enfuie avec Claude chez Clophas, afin d'échapper aux dernières responsabilités.

-Elle est bien débarrassée, la jeune fille obéissante, murmuraient les villageois déçus. Valentin étant mort, Marianne aurait une pension de veuve, et Angélique pourrait reprendre son indépendance. Le Bois Tranquille vient de perdre une idole; Angélique Noël est maintenant comme les autres jeunes filles, égoïste et sans coeur.

Angélique déambule, en trottinant, le long corridor vert. Quelques vieillards, traînant leurs pieds dans des pantoufles trop grandes, reviennent des toilettes communes. Ils s'étonnent, se souriant bêtement. Pendant quelques secondes, une jeune fille rit à gorge déployée, les mains en forme d'ailes sur son manteau gris... Son rire égaye leur fossé jusqu'aux cellules de l'attente. L'hystérie est un trop grand mot pour ces vieillards qui n'ont envie ni de rire ni même de pleurer.

Le retour

Madame Bujold ne contient plus sa joie. Bobby vient d'arriver à la gare de Four Corners. Il faut aller le chercher, préparer sa chambre, régler le thermostat... sortir la bouteille de scotch Ballantine.

-Ah! mon fils qui revient, lavé de cette fugue avec cette fille vulgaire!

La maison du juge se réchauffe, les pièces s'illuminent, le chat siamois ressent une certaine joie, une attente. Quelque chose d'important enfin, dans le calme plat. Il s'étire, baille, et s'endort.

Une neige douce et lente tombe comme des cheveux d'ange sur les trottoirs sales. Angélique court, enjambe le parterre qui la sépare de la pension. Il faut entrer. Le froid sec pénètre son manteau, se faufile sur son corps nu. Elle frissonne et entre sans sonner. Sa logeuse, surprise, la regarde la bouche ouverte.

-Mais voyons, Mlle Noël. Mais qu'est-ce que vous avez? Vous grelottez et vos cheveux sont tout mouillés.

Angélique ne répond pas. Elle ouvre la porte de sa chambre et se jette sur le lit de métal. Sa tête fait des pirouettes, ses oreilles bourdonnent. Sophie lui crie:

-J'suis enceinte de Bobby, pis j'ai fait exprès, tu comprends?

Angélique ne comprend rien, tout s'embrouille, se disloque, se juxtapose.

Le téléphone sonne dans le vestibule humide. On frappe à la porte.

-Mlle Angélique? Le téléphone, vite! Je crois que c'est...

Elle n'a pas le temps de compléter sa phrase qu'Angélique se précipite, toujours vêtue de son manteau gris, bousculant madame Lebrun qui trouve son comportement de plus en plus bizarre.

-Oui, allô... c'est bien moi, Angélique... Bobby?

La voix étouffée de la jeune fille tapisse le vestibule comme un écho. Elle écoute, ne répond pas... la bouche frémissante. Et Bobby Bujold qui parle, qui rit à l'autre bout du fil... ce pont fragile qui va craquer.

-Écoute, Angélique. Dis rien, veux-tu? J'arrive de la base de Trenton. Il fallait que je parte afin de me retrouver. Écoute, je t'en supplie.

Bobby imagine le visage fermé d'Angélique qui juge; il ignore tout du tumulte intérieur qui enserre la jeune fille qui attend.

-Si tu veux de moi, j'promets de tout te donner, enfin, c'qui me reste. J'm'en fiche de ton Claude, tu entends? William m'a expliqué ben des choses avant que je monte à Trenton. Ah! quel malentendu, Angélique. On partira en voyage de noces aussitôt ton deuil terminé, pis on visitera les vieux pays. J'vas être cantonné en France pis on pourra visiter ton frère Alexis. Tous les pays sont rapprochés, là-bas, comprends-tu? On ira à l'île Jersey, si tu veux; on visitera les châteaux de la Loire, Versailles, la côte Atlantique, les pays basques. J'arrive... j't'aime.

Angélique n'a plus la force de continuer. Le fil noir s'enroule autour de son poignet comme une chaîne de prisonnier. Sa conscience vacille, ses désirs se ravivent. La devise de son père, «Sois honnête et propre», enfin tous les principes entendus à l'église, derrière la cage quadrillée du confessionnal, sillonnent sa conscience...

Bobby attend à l'autre extrémité, inquiet.

«Angélique veut pas d'moi, j'ai dû imaginer, dans ses yeux en amande, j'ai dû me tromper...»

Il essuie sa main libre et moite sur son pantalon.

-Angélique, réponds, bon sens. Mais dis quelque chose!

Une voix rauque et forte qu'il ne reconnaît plus lui répond fièrement:

-Va voir Sophie, Bobby; elle t'attend.

Le plancher se dérobe sous les yeux d'Angélique. Les planches éclatent, grincent, en imitant le bruit du moulin. Elle va tomber dans la cave, en entraînant la chaise berçante avec elle. Cette sensation bizarre et incompréhensible l'assaillait souvent pendant sa maladie, il y a déjà une éternité. Une polio traîtresse qui l'avait laissée inerte pendant des jours, dans un silence de nuit.

Le lendemain, Angélique se retrouve dans le lit de l'ancienne chambre de Walter, chez Clophas, ce même lit qui l'avait accueillie la nuit de l'enterrement de Valentin. Toinette, les larmes aux yeux, la regarde dormir.

-On va te gâter fifille, j'te le promets. Clophas t'aime ben, même si i' chiâle après ton père. Pis Claude, asteur. Lui, t'aime... On va te cajoler, j'te soignerai comme les fleurs de muguet qui prennent tant de temps à pousser et qui sont fragiles, aussi rares que le corail sur nos plages.

Toinette est heureuse. Une autre femelle parfume l'atmosphère de sa maison.

-Enfin, on sera deux à exiger nos droits.

Le soleil se couche, timide, du côté du village de Maltempèque. Angélique, bien au chaud, se laisse dorloter, aimer, admirer.

Un mécanisme d'autodéfense commande à son cerveau de ne jamais mentionner ni Walter ni Bobby. Valentin n'est pas loin, juste à côté. Il verra à ce que tout recommence. Mai arrive, les feuilles se séparent de leur manteau de duvet. La boue épaissse des chemins de traverse s'assèche. La lune sera pleine et bientôt, les pommiers fleuriront dans le clos dénudé...

La bru à Clophas

La maison de Toinette bourgeonne d'activités fébriles. Les garçons du premier lit de son mari sont arrivés de Montréal ou de l'Ontario; le plus âgé arrive de la Floride. Une caisse d'oranges aussi grosses que des pamplemousses fait l'objet de l'admiration de Clophas qui s'étonne de ce coin de pays chaud à l'année longue. Les trois brus se dévisagent, s'évaluent, quoi! On ne se voit pas souvent, dans la famille.

-Ah! mes exilés, jubile Clophas. Crisse que j'suis content!

Sa bru américaine se met à rire. Elle ne comprend pas du tout le langage des gens du Bois.

-Eh ben! On va toujours i'montrer qu'on est pas des ignorants, hein Toinette? s'exclame Clophas.

-Des noces, enfin! murmure Toinette, les yeux humides, le pas alerte. Un de mes garçons, qui va demeurer tout près, qui prend femme.

Un pli soucieux se faufile sur son front lisse et moite.

-Espérons qu'i' sera plus délicat que Clophas. Si seulement j'pouvais lui parler, trouver les mots pour lui dire: fais attention, Claude! Une femme, c'est pas une jument!

Elle frissonne dans la chaleur de la cuisine d'été. La nuit de ses noces lui remonte à la mémoire. Clophas, à moitié ivre en plein milieu de la fête, cependant que les invités dansaient et riaient, la souleva de terre en ricanant:

-T'es ma femme asteur, Toinette. J'veux mon dû, compris?

Toinette entend encore le chuchotement des voisins, les rires gênés des plus jeunes. Un viol légalisé suivit dans la chambre autrefois occupée par la première femme de Clophas. Il oublia les paroles timides de Toinette, la veille.

-J'suis toute neuve, Clophas, pis j'ai un peu peur, tu comprends?

Et puis non. Clophas, qui visitait l'hôtel North Shore où il avait rencontré sa première qui lui avait promis la virginité, s'était vengé sur le corps de Toinette, comme sur un champ de bataille. Ses médailles? Ah! oui, les trois garçons... Un n'attend pas l'autre. Toinette ouvre la porte en moustiquaire, respire l'air du mois d'août. La mer laisse filtrer son odeur saline de varech à cette heure de la matinée. L'ancien fiancé, qui aimait la mer plus que Toinette, était-il sur son bateau à cet instant, dans les remous de la Baie des Chaleurs, du côté de la Gaspésie? Si elle regrette sa peur de cette mare géante...

-Heye, maman! Arrêtez de rêver, hein?

Claude descend l'escalier, un sourire triomphant sur ses lèvres épaisses.

-Si tu vas être beau, mon Claude! constate Toinette.

Elle regarde son fils qui regarde du côté de chez Samuel Ferguson. Il pense aux trois saisons antérieures.

-C'est pas possible, j'vas me marier demain. Walter est bel et bien parti.

Il ne se doute aucunement des sentiments qu'Angélique éprouve à l'égard de Bobby Bujold, cette passion muette, presque oubliée entre les couvertures de flanelle duveteuses et les mains tendres de Toinette. Donc, il n'y a que lui qui s'est préoccupé de la fille à Valentin.

-Si elle m'en a fait souffrir!

Il se sent en sécurité, soudain. Son univers se referme douillettement sur lui. Il ne veut pas aller plus loin; pas dans l'avenir immédiat, du moins. Il est là, en chair et en os, en bonne santé. Il palpe orgueilleusement ses muscles qui durcissent sous son pull de coton blanc.

«Tu seras ma femme, Angélique Noël, petite tigresse tranquille, petite fille de sauvagesse!»

Il soupire et se met à fredonner un succès à la mode, les mains enfouies dans les poches de son pantalon gris.

Angélique, qui entend la voix rauque de Claude, revoit en mémoire son visage surpris et humilié, au pied de l'escalier, il y a déjà trois ans de cela. Le poing de Walter qui lui écrase le nez... Claude, se croyant seul dans la maison, lui avait barré la route entre la porte d'entrée et l'escalier. Walter partait le lendemain. Le scandale de la grande veillée faisait des ravages partout. Les villageois, ulcérés et troublés pour la sécurité de leur progéniture, allaient chasser l'instituteur, et il épouserait mademoiselle Madeleine, à Rimouski. Le fil de la connaissance, les liens entre les sciences et les vieux pays, enfin, l'univers d'Angélique partait, laissant un vide sur sa vie d'adolescente. Claude, jaloux déjà de cet homme élégant au langage raffiné, s'était précipité sur la jeune fille, écrasant ses lèvres neuves, pendant que ses mains gluantes remontaient sa jupe. Walter était apparu comme un chevalier au pied de l'escalier...

Angélique échappe une pelure de pomme qui frise à ses pieds. Philomène et Simon, qui se sont épousés en mai, demeurent chez Valentin. Marianne travaille au presbytère à La Côte et ne peut plus demeurer dans les pièces où flotte le sourire énigmatique de Valentin. Son vieux violon accroché au mur, derrière le poêle chrômé, s'est tu. Elle est retournée chez Samuel, dans la maison de son enfance. La fille du juge de paix, qui avait osé épouser un demi-sauvage, réintègre la demeure et retrouve les bonnes grâces de sa mère Liliane. Lucien et Anna vont bientôt quitter le Bois Tranquille pour retourner en ville. Les dommages subis par l'ancien manoir sont moins visibles. Marianne a déjà astiqué les étagères, verni le dessous des appuis-chaise et suspendu des rideaux de dentelle aux fenêtres. L'élégance des années '40 ne sera plus jamais aussi parfaite, mais les cicatrices guérissent peu à peu. Samuel, satisfait du retour de sa fille, s'évade de plus en plus du côté de la rivière, suivi du chien Fidèle...

Angélique relève la tête, ramassant la pelure, la jette par-dessus son épaule gauche; une lettre en forme de ''B'' prend forme au ralenti sur le linoléum usé. Elles s'amusaient tellement, Diane et elle, en jouant ce jeu innocent. Claude, qui arpente la galerie, ne peut pas l'approcher avant demain, à l'église.

-Ça peut porter malheur, disent les plus âgés.

Les événements se succèdent à un rythme époustouflant. La pneumonie, les soins de Toinette dans l'ancienne chambre à Walter, la vente de la maison de William... Elle continue les gestes de la vie de tous les jours. Demain sera là, bientôt, une autre journée, un autre soleil, une brume légère aux petites heures du matin. Et puis après?

-Si la mariée est belle! s'exclament les invités endimanchés.

-La bru à Clophas, murmure-t-on dans les allées.

-C'est toujours comme ça, marmottent les femmes déjà mariées. On est toujours la bru de quelqu'un, la femme d'un tel, la fille d'un tel ou la mère du petit rouquin ou de la petite maigrelette aux yeux croches. Si t'es belle, t'es la fille de ton père. Pourquoi ne pas être Toinette Hébert, née Thibodeau ou Corine Thériault, née Dugas, hein? Mais non, c'est toujours celle de quelqu'un.

«Angélique est ben belle et pure», réfléchit William.

Il éprouve autant de fierté que s'il était son père.

«Valentin, mon vieux rival, si seulement t'étais icitte à matin. Mais moi, j'pense qu'Angélique aime pas plusse Claude que la maudite job que j'ai presque été obligé de lui donner. Je revois encore ses yeux qui dansaient une gigue heureuse, et pis là, j'ai dû lui annoncer que c'était pas l'école neuve ni la classe des petits que j'lui offrais. T'aurais dû voir ces yeux-là, Valentin. Et pis non: c'était comme une étoile filante qui se fond dans le ciel noir. Pis Marianne qui était rayonnante, qui m'remerciait… Maudit!

Il jette un regard du côté du premier banc à l'avant. Marianne est pâle et distante, assise entre Clophas et Toinette.

«T'es pus dans mes projets, Marianne. T'es trop disponible, vulnérable.»

Angélique sourit timidement, gênée dans ses gestes par le tissu empesé de sa robe de dentelle. Elle aurait préféré la plus simple, de ligne Empire, en mousseline douce, mais Clophas s'était faufilé dans la boutique «La mariée satisfaite», son porte-monnaie à la main. Les préposées au comptoir enviaient Angélique qui se laissait habiller de la tête aux pieds.

-Ah! la chanceuse, murmurait la plus jeune, les yeux au plafond.

La voici maintenant en étalage devant les villageois ébahis. Elle s'imagine ressembler à ces grosses poupées de bazar. Claude, visiblement mal à l'aise dans son complet bleu marine, s'essuie le front d'un geste sec. Toinette revêt un deux-pièces bleu pâle, un chapeau à fleurs sur ses cheveux relevés en chignon. Samuel est très élégant dans un complet gris, rayé de blanc.

-C'est son gendre des États, j'suppose, qui lui envoie des boîtes de sous-sol d'église, rumine Clophas. Maudit Samuel, va. Toujours beau, grand et mince, la moustache taillée à l'anglaise, pareil comme le Premier ministre Chamberlain, à l'époque... Toinette a tout pris en main. La v'là qui prend des airs de général, asteur qu'on a de l'argent. Pis j'suis ben content. On va aller au restaurant pour la réception, pareil comme les amis de mes brus. J'vas leur montrer, allez!

Les langues vont bon train, de La Côte jusqu'au Bois. Toinette leur explique la situation, le sourire aux lèvres.

-Ben non, i' sont pas obligés de s'marier, non...

C'é que Claude a la chance de s'installer pis de gagner sa vie par icitte, j'vous dis!

-Où ça, madame Hébert? questionnent les voisines curieuses.

-Rien, j'vous dis rien, réplique Toinette. Ça c'é une surprise pour la journée des noces.

Elle jouit d'être l'émissaire d'un événement subit, dans le calme plat d'une fin d'été. La messe est terminée. Les accords sonores et lourds de l'orgue résonnent encore jusqu'au portique, et la voix du grand Gérard semble chanter dans les allées, dans la tête des femmes qui pleurent de joie ou de regret. Le frère aîné de Claude s'initie au rôle de photographe. Les félicitations fusent de toute part; des baisers humides ou gênés s'échangent entre les invités et les nouveaux époux.

Les voici à la salle de réception au sous-sol du restaurant «Chez Margie», à deux pas de l'église. Des salades froides, des viandes en roulade, des canapés variés et des sandwichs circulaires garnissent la table recouverte d'une nappe en papier fin. Clophas s'énerve.

-Crisse! que j'aimerais être chez nous, dans ma salle à manger. On aurait du rôti de boeuf, des patates pilées et crémeuses, arrosées de sauce brune et épaisse, des tartes au citron pour dessert...

Son pantalon trop large le dérange.

-Maudite mode, aussi! On ressemble à des gars d'la marine, asteur, pis dans deux ans, faudra prendre des pinces.

Il se sent restreint dans ses mouvements dans cette salle basse et exiguë qui a une odeur impersonnelle.

«Chez nous, ça sentirait la fête, regrette l'homme déçu et gourmand. On sait ben, c'é juste à deux pas de l'église, pis les invités auront pas l'excuse de s'éterniser chez nous, comme aux noces des garçons du premier lit. Quelle foule de monde affamé, pis la guerre qui battait son plein... Mais j'étais chez nous; j'me levais, je changeais de position. Ah! la Toinette pis ses idées modernes.»

Le salon est recouvert d'un tapis vert fougère depuis la fête de Pâques.

«C'é ben d'ma faute, ça. Pis là, elle veut un manteau de fourrure pour les fêtes de Noël. Maudit orgueil des femmes!»

Il aperçoit Samuel félicitant la mère du marié pour la troisième fois, les yeux plus qu'appréciateurs. Une jalousie intense bouillonne sous sa peau brune.

-C'é correct, Toinette, tu gagnes: tu l'auras ton manteau de rat musqué.

La musique grince, se lamente. Un tourne-disque fait les frais de la danse. Les gens du Bois, qui n'ont aucune envie de danser au son de cette musique criarde et incompréhensible, se regardent le bout des pieds ou le plafond. Ils n'ont pas encore oublié: Valentin, les quadrilles irlandaises, les gigues écossaises qui soulevaient les pieds malgré la vieillesse des jambes ou l'inexpérience des plus jeunes. Le violoneux maîtrisait son instrument savamment, tout comme un charmeur de serpent. Les orteils commençaient par remuer légèrement, et puis l'arche du pied s'aplatissait, frôlait le plancher, caressant la semelle du soulier. Les mains tapotaient légèrement le rebord d'une table, le gras de la cuisse.

Maria dansait en imaginant toutes les fêtes de baptême de ses dix-sept enfants. Simon, vexé, boude dans un coin, un verre de liqueur douce à la main.

-C'é la première noce où j'ai pas été invité à giguer. Maudit verrat! Pis Nézime qui a pas osé chanter *La plus belle nuit*. Qu'osse que diraient les haut placés de Four Corners pis les religieuses apparentées aux Doran et aux Ferguson? Agir en paysan devant tous ces gens guindés. Ah! non!

Clophas, qui a bien fait les choses, s'ennuie. Une de ses brus danse le «rock and roll» avec sa belle-soeur de l'Ontario.

-Valentin, t'avais raison: i' viennent par icitte pour se bourrer la falle pis rire de nous autres.

Il se lève et sort prendre un peu l'air qui vient de la Baie, à deux pas, derrière les rochers de granit.

Angélique glisse un regard vide autour de la salle qui sent la fumée de cigarette et le scotch. Il n'y a pas d'escalier, tout près, où elle pourrait observer, les coudes sur les genoux, les mains autour de son cou élancé. Ce sont les autres, maintenant, qui la regardent, qui l'espionnent. Ils sont tous là, assis bien droit autour de la table, rigides, gênés dans leurs gestes. Elle est madame Claude Hébert, la bru de Clophas à Joe!

Samuel l'a conduite à l'autel, le pas hésitant, la tête haute. Revit-il sa jeunesse? sa jolie Liliane rose et blonde courant dans le champ de blé derrière la grange? De plus en plus amère, elle reste confinée dans sa chambre. Elle ne verra pas sa petite-fille en robe de mariée. Elle boude… La réception lui revenait de droit, dans sa maison.

-J'veux m'en aller au motel tout de suite, Claude, murmure Angélique qui panique. Les visages s'approchent et s'éloignent comme les têtes des chevaux de bois; les carrousels tournent, s'immobilisent, se déplacent; la table s'allonge, rapetisse… Claude, qui ne comprend rien à l'expression béate d'Angélique, devient blême d'anticipation.

«Elle est peut-être moins naïve qu'elle le prétend», pense-t-il, soudain rassuré.

Il a eu peur jusqu'à cet instant, mais Angélique veut déjà être seule avec lui…

-Voyons, Angélique, répond-il doucement. On est pas pressés. Qu'est-ce que les invités vont dire?

Ah! cette phrase habituelle de Clophas, «Quoi cé que l'monde vont dire», exaspère déjà la nouvelle épouse. Claude presse sa main nerveuse le long des reins raides d'Angélique qui ne ressent rien. Elle continue à le supplier tout bas.

-J'me sens pas bien, Claude… j'suis toute étourdie.

Viens-t'-en; j't'en prie.

Et puis à quoi bon? Claude n'y comprendrait rien. Les femmes du clan des Hébert ne sont-elles pas toutes solides, dotées de nerfs d'acier, comme Toinette et les soeurs à Clophas. Elle rêve un songe bizarre, elle s'éveillera bientôt.

-C'est l'heure d'ouvrir les cadeaux, crie Toinette, toute rouge de bonheur devant les boîtes enrubannées.

Elle déclame d'une voix stridente les noms des donateurs:

-Des draps Texmade de couleur rose tendre, de chez Nézime; une nappe crochetée de Diane et Denise; une lampe électrique du marchand Lebrun; un toaster... ah! pardon; un grille-pain de William et Corine... Tiens, un cadeau de la France, s'exlame-t-elle après un silence intolérable.

Cette diversion soudaine ranime les invités pour quelques minutes.

-Ah! grand Dieu, c'est-i' possible? Ça doit être une erreur de la poste, certain!

Elle essaie d'ouvrir le colis emballé de papier brun et parsemé de timbres étrangers. Angélique, les oreilles bourdonnantes, bondit, lui enlève le précieux cadeau et s'enfuit aux toilettes. William, qui l'observe depuis la sortie de l'église, baisse la tête, semble réfléchir. N'est-il pas celui qui a confronté Bobby Bujold avant son départ précipité? Et puis après? Il s'était probablement trompé, pour une fois. Bobby était parti en Europe, en voyage de noces, avec l'amie d'Angélique.

-Ça m'apprendra à vouloir régler la vie des autres.

Angélique est coincée entre la porte et la toilette. Entortillée dans sa jupe à volants, elle essaie de garder son sang-froid. À l'intérieur du colis, il y a une photo couleurs nichée dans un nuage de papier diaphane. Le cadre nacré rose et jaune ressemble aux pétales de corail. Sophie semble lui sourire de loin, un sourire chaud, sans pudeur, semblable aux grèves de Biarritz, ou hautain comme les collines du Pays Basque. Bobby, vêtu de son uniforme d'aviateur, tient dans ses bras musclés un bébé joufflu, aux cheveux couleur d'ébène. Une petite lettre bleue accompagne la photo. Angélique, le souffle coupé, se laisse choir sur le siège, les larmes aux yeux. Un bruit répété derrière la porte la ramène à la réalité, une réalité qu'elle avait essuyé d'un geste de la main, d'un sourire confiant à la vie...

-Heye, Angélique! Te sens-tu mieux? s'inquiète Claude qui a décidé de partir. Au diable les qu'en-dira-t-on!

Angélique se lève, traînant derrière elle un nuage de dentelle empesée. Elle glisse la petite note bleue dans le corsage de son jupon blanc et entr'ouvre la porte:

-On s'en va, Claude?

Le repas est déjà terminé. Les assiettes se sont vidées à un rythme accéléré, les serveuses ayant l'air pressé d'en finir. Les grands mariages se font de plus en plus rares, dans ces coins de l'arrière-pays, car tout est trop cher dans un village où on ne produit plus. Les invités s'en retournent chez eux car il n'y aura ni le souper ni la danse traditionnelle qui durait jusqu'aux petites heures du matin. Claude, pensif, entraîne Angélique à l'extérieur. Le soleil d'août l'éblouit. Claude ne sait trop comment réagir. Elle a les yeux perdus dans un monde noir, un univers étrange et vertigineux qui ressemble à la peur sourde et muette de sa maladie. Il entoure ses épaules qui tremblent.

-Heye Angélique, réveille-toi, hein! J'ai une surprise pour toi... enfin pour nous deux: la maison à William, je l'ai achetée.

Il ravale sa salive.

-Plutôt papa... Il a l'argent, tu comprends? On va hériter du bureau de poste. William s'en va du côté des États-Unis avec Corine... On l'comprend pus, celui-là. I'a toute pis i' s'en va. Toi, t'es bilingue, ma femme.

Il est heureux. Ces mots sont nouveaux et savoureux à la fois.

-Ça fait qu'tu pourras te débrouiller avec les paperasses du gouvernement.

Claude continue son discours qui devient un monologue. Angélique regarde très loin au-dessus des mélèzes et des épinettes touffues. Le Bois Tranquille l'accueille enfin. Lui revient-il de droit? Avant, elle ne voulait plus jamais le quitter, et puis Walter et ses vieux pays l'ont incitée à rêver aux espaces éparpillés sur la surface du globe. Bobby est parti très loin, dans un avion gris...

Elle se redresse péniblement.

«Je suis la bru à Clophas, la femme à Claude Hébert.»

Claude a peur de ce silence... Et puis non, c'est juste la surprise. Angélique, stupéfaite, est tellement contente qu'elle a perdu la parole. Il trace déjà leur avenir, comme une araignée qui tisse sa toile avant la fin de l'été. Son visage animé s'illumine.

-Écoute, là. On va convertir la cuisine d'été en centre d'amusement avec une table de billard et une boîte à musique automatique. On ajoutera des banquettes. Plus tard, toi et Philomène, vous ferez griller des hamburgers, des frites maison et des hot-dogs. On achètera une télévision aussitôt que cette invention arrivera par icitte... On va être heureux, ma femme. On embarque?

Il la pousse gentiment dans l'auto que William lui a prêtée.

-On va au motel tout de suite? questionne Angélique.

-Non, ma belle: on s'en va chez nous. William m'a déjà donné les clefs. I' nous ont laissé tous les meubles et ça coûtera moins cher. Tout est là.

Un sourire béat se dessine sur ses lèvres épaisses. Angélique ne répond pas.

-Viens-t'en. Au diable les qu'en-dira-t-on, murmure Claude, les yeux clairs, le sourire brillant.

Angélique se déshabille lentement devant le miroir en pied qui lui renvoie l'image d'une jeune fille ignorante. Elle sera femme un peu avant la fin de la journée. Le soleil se couche lentement; le village se repose. Elle enfile sa robe de nuit blanche, d'une couleur virginale, opaque. Elle ouvre son sac à main de satin, en sort deux capsules rouges et bleues et les avale lentement: le calme enduit d'une matière plastique, l'évasion à la peur, à l'inconnu. La petite note fripée, sur papier bleu, tombe à ses pieds. Une écriture inégale, un parfum âcre...

«Bonjour, Angélique. C'é moi, Sophie. J'ai réussi ma vie, je te le disais souvent. Je suis ici à Marville, en France, pas loin de Marseille. Bobby a fait un homme de lui; on est bien mariés et personne ne se doute de rien dans la famille du juge. Mon bébé est d'une beauté! On vous souhaite toute le bonheur possible. Heye! imagine-toi donc, on arrive d'Allemagne, de chez ton frère Alexis. C'est lui qui nous a annoncé la nouvelle. J'ai hâte d'aller à Paris où il y a des «dancings» ouverts toute la nuit, et des lumières partout. Bobby veut aller aux îles Jersey au printemps avec sa mère qui est une Dumaresque. Comprends-tu ça, toi,

Angélique? Aller fouiller leurs ancêtres? Les imbéciles...
Moi, j'apprends à danser les danses modernes, à bien
parler et à reconnaître les différents plats que je trouve
bizarres. C'est difficile, mais j'y arriverai. Quand on veut,
on peut, c'est toi qui me le répétais souvent. On t'enverra
des cartes postales souvent. J'ai bien du plaisir, surtout au
mess des officiers. Bobby a grimpé les échelons, et vite! Il y
a de la musique, même après dîner, des bals le samedi soir
et des boissons aux noms excitants. Je m'en fais pas. On
danse, on tourne... Je t'embrasse et Bobby aussi. Notre
garçon s'appelle Nicholas.

> *Ton amie de loin, très loin, Sophie.»*

Angélique, épuisée, regarde du côté de chez Valentin, la maison de son adolescence maintenant occupée par Simon et Philomène qui vivent d'une pension d'invalidité. Ils semblent s'amuser ferme dans le jardin bien garni.

Claude assouvi ronfle doucement, un sourire content sur ses lèvres charnues. Ses cheveux luisent sur son front haut.

Les jambes molles et le regard vide, Angélique se lève. Un fluide rosâtre et nébuleux sèche déjà sur le drap empesé, ressemblant à une poussière d'étoiles. Elle ressent une sorte de vacuité de tout son être, une perte quasi-totale de son identité, de son moi intérieur... (Pourtant, Mamie Ferguson et Walter lui avaient laisser entendre par des bribes de phrases subtilement tournées, qu'elle aurait des instants vibrants d'émotions, d'abandon de soi). «Tu aimeras de toute ta personne, de toute ta chair», regrettait Philomène, la servante chez Clophas.

La radio de chez Clophas parvient à ses oreilles bourdonnantes. Edith Piaf chante de toutes ses tripes: «Quand tu me prends dans tes bras, je vois la vie en rose…»

Elle se voit plongée dans un rythme de vie inégal, de sentiments refoulés, de larmes retenues… (les adultes lui ont menti).

Sa position à Four Corners, la mort de Valentin, le départ de Walter… et puis celui de Bobby.

Son regard absent parcourt le salon propre, sans odeur particulière.

Les meubles sont recouverts d'un tissu de plastique opaque, comme une virginité… Ils ont l'air tout neufs, même s'ils ont été achetés il y a une dizaine d'années déjà. Corine cachait-elle ses possessions matérielles sous un film de protection contre toute poussière, tout comme son cerveau qui commençait à renaître au soleil? Corine partait pour les États chauds, renouvelée, rajeunie. Angélique frissonne. D'un geste brusque, elle s'attaque aux enveloppes brillantes qui recouvrent le sofa, les tables, les gravures. Le salon respire, les couleurs s'amplifient. Les rideaux fleuris sont tirés afin de cacher une lune de miel ensoleillée! L'odeur de l'herbe fraîchement coupée s'infiltre à travers le moustiquaire. Angélique s'agrippe aux fils verts et minuscules, entrelacés, couleur de feuilles nouvelles… petites cages quadrillées d'où l'on peut apercevoir les mélèzes et les sapins épais qui bouchent la rue, jusqu'à Dugasville et peut-être bien jusqu'au bout de la terre. Un grillon indiscret fait sursauter le silence lourd de la maison.

Toinette, qui arrive de la réception «chez…», lève la tête, aperçoit l'auto bleu poudre de William stationnée devant la porte du salon.

«Angélique est toujours pressée, soupire-t-elle souriante.»

Elle aperçoit sa bru au travers du moustiquaire, vêtue de sa robe de nuit blanche. Elle lui envoie un baiser de sa main gantée de bleu: un sourire maternel et anxieux erre sur ses lèvres rougies.

«Claude est d'une autre génération que Clophas. Il a bien fait les choses» se rassure-t-elle, en rentrant dans sa cuisine chromée.

Le chien Fidèle espionne son ancienne maîtresse, les deux pattes de devant appuyées sur la rampe de la galerie repeinte à neuf. Un avion gris sillonne lentement le ciel clair du Bois Tranquille, laissant derrière les nuages une buée blonde et onctueuse comme des bulles de meringues... Un appel à l'aventure?... Un soupir de regret... Qui sait? Thomas chez Dugas se bouche les oreilles et court à toute vitesse vers sa maison solide.

Angélique, blême et tremblante, redresse les épaules, pivote sur ses talons nus, et remonte lentement l'escalier.

Le grillon rassuré continue son monologue interrompu, inachevé...